Elisabeth Plessen

An den fernen Geliebten

Elisabeth Plessen

An den fernen Geliebten

Gedichte

BERLIN VERLAG

MIX
Papier aus verantwortungsvollen Quellen
FSC® C083411
FSC
www.fsc.org

Umschlaggestaltung: ZERO Werbeagentur, München
Typografie: Birgit Thiel, Berlin
Gesetzt aus der Sabon von Fagott, Ffm
Druck und Bindung: CPI books GmbH, Leck
Printed in Germany
ISBN 978-3-8270-1115-2

www.berlinverlag.de

An den fernen Geliebten

Und wieder

28.7.09 Magdalenenstraße, als du auf der Intensivstation lagst

Und wieder ein neuer Morgen
ich liege allein in unserem Bett
und wieder kein Wieder

nur Wolken ziehen
vor den Fenstern

An der Alster

Ich gehe
gehe ruhlos
gehe
auf dem Rücken
die Arme
verschränkt

God save us from ever ending

Liebster

nach deinem Tod

Die Welt ist voll von dir
wohin ich blicke
wohin ich denke
so voll von dir
Ich wage nicht
dir davon zu erzählen
weil ich alles

mit dir sehe
mit dir teile
neben mir
das ist herrlich
und zugleich ist es entsetzlich
Ich kann deine Hand nicht halten
dich nicht küssen
nicht auf dich zulaufen
in deine Arme nicht springen
wir halten miteinander
die Zeit nicht mehr an
wir heben den Tod nicht mehr auf

Was wir so lange
konnten

Auch

29.7.09 Magdalenenstraße

Ich sagte dir als du mich fragtest
ob ich auch morgen wiederkomme
natürlich komme ich ich komme jeden Tag
und immer und immer und immer
das beruhigte dich
Wir hielten uns an der Hand
meinen kleinen Finger hast du gestreichelt
und so nah
waren wir verbunden
Aber mein Herz ist in dieser Nacht
stehengeblieben

Liebe *2.8.09 Magdalenenstraße*

Den Motor abwürgen
wie beim Auto
könnte ich das
dein Sohn versteht mich nicht
findet überflüssig
dass ich
solange ich dich noch sehen darf
dich sehen will
und mit dir spreche
in dem kahlen Raum
und deine Hand
die kalt ist halte
Was sind drei elende Tage
wenn ich Abschied von dir nehmen soll

Deine letzte Flucht *8.8.09/11.1.10*

Schmerzen besiegten schließlich
deinen Willen
und Erschöpfung
Nicht hören wollte ich es
nicht aus deinem Mund
dass du dich so entferntest
Hierbleiben wolltest du
bei mir
Es gab keine Wahl
die wir hätten
gewinnen können
So gingst du
in der Nacht des 30. Juli

auf deine letzte Flucht
nun vor den Ärzten
den Maschinen

Wohin floh ich frag ich

dass ich bei deinem letzten Atemzug
nicht bei dir war
es nicht sein durfte

zu spät der Anruf
Ich küsste deinen Mund
ich küsste deine Augen
die geschlossen waren
hielt deine warme Hand
und sah dich an
Friedliches
den Anflug eines Lächelns
las ich in deinen Zügen

Besiegt *8.8.09 Magdalenenstraße*

Ich kann nicht mehr
ich kann nicht mehr
was soll ich tun
ich sterbe
diese Sätze aus deinem Mund

Good night

8.8.09 Magdalenenstraße

Good night, sweet prince
nicht mehr
und niemals mehr
Good night, sweet prince:
And flights of angels sing thee to thy rest

Ab Morgen

22.8.09 Vecoli

sitze ich auf dem Mäuerchen

Die Arme
wie abgefallen
ich kann sie nicht mehr
um dich legen
Der Kopf hat keinen Platz
an deinem Herzen
Mein rechter Arm
der dich um die Taille fasste
die Treppe dir hinauf-
und dir hinunterhalf
hat keinen Halt
Meine Schwester wollte
dass ich in der Früh ans Meer führ
mit ihr schwämme

Wie soll ich mit ihr schwimmen
wenn ich keinen Körper habe

In Vecoli *22.8.09*

Ein erster Spaziergang allein
zum Kirschbaum am Feldweg
ins Tal von Fibbialla

Alles so still nur meine Schritte auf dem Kies
die großen Hunde schlagen nicht an
hinter dem Zaun
die Kirschen vertrocknet
im Baum

Als wir zuletzt dort gingen
pflückte ich dir die süßen Früchte
Unter dem Baum standen wir
und spuckten die Kerne
um die Wette aus

Noch mehr *23.8.09 Vecoli*

In jedem Winkel lebt eine Erinnerung
sie guckt mich an
sie will erzählen
sie fängt an zu sprudeln
sie zerreißt mich

Nur ich atme hier *5.9.09 Magdalenenstraße*

Kein Hunger

6.9.09 Magdalenenstraße

Ich schlage die Augen auf
du liegst nicht neben mir
die Tränen steigen

Ich gehe unsere Wege ab
am Alsterufer im Alstervorland
im Eichenpark und beim Bellevue
Ich setze mich am Ufer nicht
ich füttere die Enten nicht
ich schau den Ruderern zu
die im Gleichtakt flache Blätter
in das Alsterwasser tauchen

Ich esse so wenig

Der Kühlschrank
würdest du ihn öffnen
ist leer bis auf den halben Liter
Milch und eine Flasche Wein
Gleich müssten wir
im Auto zu Kruizènga
Schlemmereien bestellen
für dich

Ich bewahre dich

9.9.09 Magdalenenstraße

Habe ich über das Leben
von dir genug gelernt
jetzt
wo immer du bist

Ja vielleicht in einem Theater
mitten in den Proben
für *Timon von Athen*

Du schützt mich jetzt nicht mehr
und ich schütze dich nicht mehr
vor dieser Nacht
in die du entschwandst

Meine Liebe steht
mit leerem Herzen da

Rosengarten

10.9.09 Magdalenenstraße

Ich habe unsere Wohnung
in einen Rosengarten
verwandelt
gegen die Stille
die Leere
das Schweigen
die einsamen Nächte
Mich friert

Was du (mir) gesagt hast

12.3.09

Ach wie wunderbar dass du an meinem Herzen liegst
und damit schliefst du auf unserem großen Bett
in der Magdalenenstraße ein

Dein Gedicht
Der Kuss

Komm! O ist das schön!
Und jetzt bleib so
für die nächsten Stunden
Dann kann uns Rodin
verschweißen
uns im Kuss verschweißen
Komm! O ist das schön!

Wenn du weggehst
ist es wie sterben
Ich komme doch wieder
Wann fragtest du

Ich glaube die Kraft zu leben
wird mich die Kraft zum Arbeiten kosten
aber ich hoffe
und hoffe es nicht

Ich bin so unbehaust wie du
Ich weiß nicht mehr
wer von uns beiden dies gesagt hat

Tabu und Traum

10.9.09 Magdalenenstraße

Wir sprachen nicht über den Tod
und übers Sterben
Du stelltest beides auf der Bühne dar
ich schrieb davon in meinen Büchern

Wir berührten nicht die Folgen
streiften nur
was wir beide wussten
Einer von uns bliebe zurück
Du wolltest unsterblich sein
wozu also die letzten Dinge bereden

Wenn du dich aus der Unsterblichkeit
ein wenig herunterbeugtest
sagte ich dir
du wirst einhundertsiebenundsechzig
Die Zahl hatte ich eines Nachts geträumt
sie gab dir Kraft

Unbehaust

16.9.09 Magdalenenstraße

Grausam
nach dem Erwachen
in den leeren Raum
hineinzugehen

Ich schlafe im Morgenmantel
mit Wärmflasche

Etwas Heißes anfassen

woran ich mich verbrenne
stigmatisiert
an Armen Schenkeln Bauch

Zweckentfremdet

17.9.09 Magdalenenstraße/
3.1.10 Meinekestraße

Auf dem Küchentisch
mit den zierlichen Beinen aus Birke
liegen statt Messern und Gabeln
Papiere von mir Artikel
und Fotos deines letzten Geburtstags
Du verstandst nicht
dass sich das Haus allmählich wieder leerte
Die Freunde hätten bleiben sollen
noch eine Woche eine zweite Woche
in Vecoli um dich zu feiern
Ja hätten sies getan
das Haus ist groß genug

Allein für mich bin ich zurückgefallen
in studentische Gewohnheit
Für dich habe ich gekocht
viele Jahre den Vorschriften
strikt folgend salzlos schließlich
zuckerfrei schon lang
pro Tag sechzig Gramm Eiweiß
Ich kaufte eine Waage
wog selbst die Häufchen Haferflocken
für den Porridge
und suchte Supermärkte
wo immer wir auch waren
nach stillem Wasser ab

mit dem geringsten Natriumgehalt
San Bernardo war das ärmste

Nichts kam in die Küche
was du nicht essen durftest
Dich heilen können wollte ich

Wir setzten uns zu gekochtem Fisch
auch Kaninchen oder Huhn würzte ich
mit Zitrone Weißwein Kräutern
und allein trank ich die Gläser Rotwein
oft wie du fandst zu viel
Ich brauchte das für meine Nerven
dass meine Hände ruhiger würden

Wie ist die Welt doch öde ohne dich *27.9.09 Gümse*

Ich ging heute die Eichenallee entlang
unsern Weg in Gümse bis an sein Ende
sammelte drei Äpfel auf
um sie den Pferden hinzuwerfen

Sie landeten innerhalb
der um die Weide gespannten Drähte
Die Pferde fanden zwei
solange ich zusah
und fraßen sie genüsslich
Kopf an Kopf

Den Weg des Engels hinaufzugehen
unsres Engels im Wald
dem wir uns in die Hand gegeben

traute ich mich nicht
ihm was zu sagen
Dich habe er ja nicht beschützt
jetzt mich verschlafen

Er war schon alt
als wir ihn trafen
war er auf unsrer Seite
oder dachten wir das nur

Früher lag ich
an deinem Herzen

1.10.09 im Hotel Vier Jahreszeiten,
als ich auf Christoph wartete

Ich habe dich in meine Arme genommen
Ich habe dich in meine Hände genommen
Ich nehme dich jetzt in meine Worte
In meinem Herzen bist du immer

Ich zittere

11.10.09 Magdalenenstraße /
11.1.10 Meinekestraße

Ich kann kein Buch halten
kein Blatt Papier und keinen Stift
weder Tasse noch Gabel
auch nicht Löffel und Glas
Ich kann nicht schreiben
nicht trinken
kann nicht schneiden
ich sehe mir zu
Ich kann mein Armband nicht lösen
und kann es nicht schließen

kann den Hörer nicht halten
kann keine SMS tippen
und mein Kennwort treffe ich nicht

Ich trinke Wein mit Strohhalm
das Fleisch zerschneidet mir jemand
die Tasse Tee führt mir Christoph
zum Mund
Neben Pillen in der Tasche
trage ich die Halme

23.10.09 Magdalenenstraße

Ich suche dich
auf unseren Wegen

Ich bin in den Eichenpark gegangen
um unter den Bäumen in deiner Nähe zu sein
auch wenn du mich ständig umgibst
Ich bin bei dem kleinen Mädchen stehengeblieben
das Möwen und eine Ente gefüttert hat
Als ihr das Brot ausgegangen war
sagte die Kleine
Tschüs Möwen und Ente auch Tschüs

Es war neblig am Wasser
das andere Ufer der Außenalster
nicht mal zu ahnen
im Wind war die Segelschule und
ein Rettungsboot der DLRG unterwegs

Gelb

24.10.09 Magdalenenstraße

Die Bäume sind gelb
deine Lieblingsfarbe
Das Sommerhemd
in das ich dich kleidete
für deine letzte Reise

Ich kann nicht von dir lassen
ich verzehre mich nach dir

Herbstkollektion

27.10.09 Magdalenenstraße

Im Bus den Mittelweg entlang
die Welt mit deinen Augen
die Kleider der Bäume jetzt
ihre Blätter zum Heulen ist es
In der Vielfalt der Farben und Formen
und zum Heulen schön was ich sehe
in unserem Liebesblick
Das Ginkgo-Birken-Eichen-Ahorn-Eschen-
Trauerweidenkleid
welches wählst du mir
aus dieser Kollektion
das Trauerweidenkleid ich weiß
von deinem Lieblingsbaum

Umschlungen

15.11.09 Magdalenenstraße

An deinem Geburtstag
tanzten wir langsam
umschlungen
drehten wir uns
ich glaubte nicht zum letzten Mal

Morgen setz ich dir den Stein

17./18.11.09 Vecoli /
3.1.10 Meinekestraße

Als überschriebe ich etwas im Haus
doch überall sehe ich dich
Du stehst im Raum
du sprichst zu mir
du legst *Underneath the Arches* auf
ich *Images* und *Children's Corner*

Ich will mit dir gehen
will mit dir liegen
dich Liebster wieder halten

Vor ein paar Monaten
brachen wir hier
zusammen auf
mit Arzt und Sanitätern Ambulanz

und morgen setz ich dir den Stein

Ich glaubte im Leben
etwas begriffen zu haben
sein Zentrum aber hatte ich

noch nicht begriffen
den Augenblick

Wie Orpheus Eurydike
möcht ich dich erwecken
und ich schwöre
ich würde dich zurückholen
deine Stimme lieben
ich würde mich nicht umdrehen
falls es die Bedingung wäre
würde ich mit dir leben
auch ohne dich zu sehen

Widerruf

25.11.09 Magdalenenstraße

Morgen früh kommen die Packer
Im Wohnzimmer steht
was nach Berlin ins Lager geht
im Schlafzimmer was nach Italien
im Flur mein Handgepäck
für die Zuflucht bei den Freunden
in Berlin ohne alles Ziel
du und mein Kopf

Ich habe deine Stiefel nicht weggegeben
ich habe sie eingepackt
es kommt ja der Winter
und vielleicht läufst du
im Traum eines Tages
im Schnee auf mich zu
Deine Füße waren immer so kalt
die Schuhe übergab ich

der Hilfe für Afghanistan
bis auf ein Paar
denn wem passen sie dort
frage ich mich
da ich hier niemanden fand

Zwei Taschentücher behielt ich
eine Unterhose
die dicke graue Cashmerejacke
ich schenkte sie dir
am Meer weißt du noch
in Fontvieille vor Jahren
als wir dort wohnten
und uns niemand dort fand

jetzt will ich mich
in deine Jacke hüllen wie in dich
und in dein Givenchy Gentleman

Deine Handtasche behalte ich
mit allen Ausweisen
die schwarze Wollmütze
den Schal den du trugst
wenn ich den Laptop küsse
beim Öffnen
beim Schließen
die Fotos von uns und von dir
aus der letzten gemeinsamen Wohnung
ich nehme sie mit
wie meine Haut

Ich empfange dich
hörst du
komm jederzeit

du kannst nicht für immer
von mir gegangen sein

Wohnungssuche

30.11.09 Meinekestraße

Ich habe das Gedächtnis eines Elefanten
und einer Kamera
behaupte ich
doch nun suche ich
vom Ku'damm aus
deine Wohnung in der Fasanenstraße
wie beim ersten Mal
als ich dich in dieser Stadt besuchte
Die Fassaden ähneln sich
ich bleibe stehen
Nummer 66 ein falscher Balkon
Nummer 68 ich bin unsicher
Ich kreuze die Fahrbahn
presse die Stirn gegen das Glas
und schaue ins dunkle Treppenhaus
wie steil es ist
wie hoch
ein gusseiserner Lift
der bei der Beletage beginnt

Tatjana Gsovsky mit ihrer Schule für Bühnentanz
lese ich auf der Tafel
wohnte von 1931 bis 1993 hier
1901 geboren
ihr wart Nachbarn
Warum wurdest du nicht wenigstens so alt
Auch an den Balkon

kann ich mich nicht erinnern
Zwei Balkone gehören zur Wohnung
im zweiten Stock
du hattest nur einen rechts außen
also hast du nebenan in der Nummer 69 gewohnt
auch mit steilem Treppenaufgang
und verschnörkeltem Lift
aus Gusseisen
Wieder presse ich die Stirn
gegen die Scheibe
nach dreißig Jahren zum ersten Mal
links die hohe Eingangstür
zu deiner Wohnung

In diesem Haus wohnte Asta Nielsen
von 1931 bis 1937
du aber hast noch keine Tafel

Bei dir will ich bleiben dachte ich
beim ersten Blick in deine Augen
abends bei Paolino nach dem *Wintermärchen*
selbst erschrocken
über diese federnde Sicherheit des Muts
Wie war er mir voraus
Du lupftest bloß die Sonnenbrille
sagtest was wie Hallo Tach
und sahst mir in die Augen

Auf was ließe ich mich ein
die Angst
du fändest mich heraus
so hatte mein Gefühl noch nie entschieden
Es schoss da seinen Pfeil
in ein Ziel das ich nicht kannte

Wann ich dir
meinen geheimsten Moment aufdeckte
weiß ich heute nicht mehr
nur dass ich uns als Erste das Geständnis
machte ich will mit dir
mein Leben leben

ich und du dacht ich
Du versuchtest das sofort
ins du und ich zu drehen
fair enough
und dir gelang es
doch es blieb in mir ein Rest
den du nicht beugen konntest
sodass wir wir waren
togetherness
zusammengehörig
ein Zuhause
wiewohl ich anfangs dachte
ich käme nie durch deine Zimmer
auch aus der Wohnung nicht hinaus
ohne in tausend Ichs mich aufzulösen
im nicht gefüllten Raum

Du machst mich ruhig sagtest du
in Hamburg schon
auf deinem schwarzen Sofa
das jetzt in Vecoli steht
Ich begriff die Bedeutung
damals nicht
auch nicht wie weit sie reichen sollte

Hinter deinen Fenstern zu denen ich
jetzt im Schnee hinaufschaue

Weiß ich wer heut dort wohnt
Hinter den durchbrochenen
und vorgezogenen Gardinen
fing unsere Liebe an
durch die Städte und die Länder
Theater Wohnungen Autos
an den Küsten vieler Meere
unsere lange gemeinsame Reise

ich bin reich und ich bin arm

Ist Trauer Selbstmitleid
ich glaube das nicht
auch wenn sie täglich neue Tränen
Bilder Zärtlichkeit heraufbeschwört

Nur einen Kuss
nur einmal noch in deine Arme

die Einsicht in Verlorenes
Nicht Wiederbringbares
unsagbar
der viele Glanz
der vielen Jahre

Also schau zurück und weine
halt den Mund
du machst mich ruhig sagtest du

Ach, Liebster, ich bin so müde

30.11.09

Wüsste ich dass wir morgen wieder
zusammenkämen
käme ich fliegend an
und vereint wären wir
in meinen Armen

Du glaubtest nicht
dass es ein Jenseits gäbe
Ich wäre dort allein
wie du jetzt ohne mich
und ich jetzt ohne dich

und dass mein Name
wie ich es will
auf deinen Stein soll
ist ein Ritual der Hinterbliebenen
für später Sterbende

Ich kann mich zu dem Kindheitsglauben
vom Paradies
nicht neu aufschwingen
Auch fände ich dich dort nicht
was wolltest du bei Christen
wir hatten unser eignes Paradies

Blicke und Schläge

8.12.09 Meinekestraße

Im coup de foudre fing mein Leben mit dir an
im letzten coup
zerschlugs dein Herz

Du bist mir in den Augen
obwohl dein Augenlicht erloschen ist
Aus deinem letzten Lächeln hol ich dich
in meinen Kuss in meine Hände
in mein Lächeln

solange ich ich bin
werde ich dich lieben

Wellen

11.12.09 Hamburg, Fettstraße 6

Brüchig ein Halt den alltägliche
oder forcierte Ablenkung schafft
nur ein Wort
ein Allerweltswort wie seit oder seitdem
oder das unausstehliche Beileid
zu viel oder nur falsch und
ich verliere den Fleck unter den Füßen

Tränen

11.12.09 Hamburg, Fettstraße 6

Unerschöpflicher Quell
ich ahnte nicht
dass ich so viele Tränen
so unausschöpflich viele habe

Morgen

13.12.09

Tomorrow was another day
wenn ich an morgen denke

Ich sage heute nicht mehr morgen
wie ich vor kurzem voller Freude
morgen sagte

Morgen fahren wir aufs Land
Morgen ist Premiere
Morgen fahren wir nach Hause
In einer anderen Zeit warte ich auf dich

Im Zug

14.12.09 Meinekestraße

Ich fahre zurück nach Berlin
Ich kaufe dir im Pressezentrum
des Hamburger Hauptbahnhofs
nicht mehr den *Guardian*
oder die Sonntagszeitungen
sollten sie eingetroffen sein
Sunday Times Observer Independent on Sunday
Ich kaufe mir die *FAS*
Ich trage dir nicht mehr die Taschen
ins Abteil
Ich schmiere keine Hasenbrote
für unsre Picknicks tags
und nachts wenn wir uns
in den Zügen liebten

Ich sitze in einem Großraumabteil

in oder gegen Fahrtrichtung
am Fenster
und denke an unser Doppelabteil
mit Verbindungstür
nach Verona Bologna Livorno
selbst nur Bolzano
Danach waren wir auch zu zweit
und die Welt gehörte uns
Wir tranken einen Macchiato an der Autobahn
oder fuhren ab und kehrten
in einer Trattoria ein
und gingen einen Feldweg
zwischen Maisfeldern entlang
eng umschlungen stand die Zeit

Im Norden ist um vier Uhr nachmittags schon Nacht
Ein Stern ein Weihnachtsbaum
strahlt girlandenweiß vorm Fenster

Das erste Xmas ohne dich
wo bin ich da
bei wem ich weiß es nicht
Am liebsten striche ich
die Feiertage

Sonnhof

18.12.09 Wien, Lenaugasse

Ich kaufte im Supermarkt der Josefstädterstraße
an der Ecke Langegasse
Trauben und Joghurt
für eine Freundin
die im Weihnachtsgeschäft sich

diesjährig keine Pause leistet
Zu wenige verschenken
sagte sie heuer Antiquitäten

Zur Zeit von *Rosmersholm* und vom *Totentanz*
wohnten wir ums Eck im Palais Wickenburg
und kaufte ich hier täglich ein
Ich weiß wo die Brottheke im Spar ist
und dass links davon der Wein liegt

Mein Blick fällt auf ein Sonderangebot
ich lese *Sonnhof Jurtschitsch Zweigelt Trocken 2007*
Langenlois Niederösterreich
und schon bin ich am Esterházyplatz
im *Kirschgarten*
im dritten Wiener Bezirk
und einem anderen Laden

und ich fahre mit dir
im Herbst des Kirschgartenjahres
durch die Wachau
das Tal nach Langenlois hinauf
in die Weinberge
ihre Farbpracht
wie du
verliebt in die gekämmte Natur

Xmas 2009

25.12.09 Meinekestraße

Ich tanze zur Frühlingssonate mit dir
will mich drehen und wiegen
tun was ich nach der Feier für dich

als alle fort waren tat
So feiere ich ein erstes Weihnachten in Berlin
mit einer Sehnsucht so unerfüllbar
wie die der Musik
Ich suche uns gierig in den Sätzen
und träume vom Nochmal

Ich schreibe dir Gedichte *27.12.09 Meinekestraße*

Der erste dünne Faden
in ein Fleckchen Halt
dein Tod hat mich entwurzelt
mit Naturgewalt
entfernt
an Land geworfen
rücklings und ganz hart

Krabbeln lernen
den Kopf am Boden
wieder liegenbleiben

Zum Glück gibt es Musik
mein Halt
doch anfangs konnte ich
nicht einen Ton ertragen
So sehr ist sie mit dir
verbunden unser Band

Die Sanduhr

27.12.09 Meinekestraße

Die Zeit fließt zwischen dir und mir
sie rieselt an den Schläfen
ich seh mich faltig altgeschrumpft
und erschrecke

Leicht muss man sein
Leicht muss man halten
Leicht muss man lassen
sagt sich leicht und was heißt muss
Ich warte darauf
dass du zur Tür hereinkommst
und wir zusammen weitergehen
und dass wir weiterreden
hier und dort
wo wir verstummten
zum Beispiel
ich dir von meinem Roman erzähle
Ida der im Herbst erscheint

und wir beieinanderliegen
und uns lieben
als sei das Leben nur
durch einen Nebel gegangen
als habe es nur
eine Atempause gemacht

Nadelkissen
oder die Büchse der Pandora

24.12.09 Meinekestraße

Ich suchte Garn und Nadel
die pfefferbraune Winterhose

die du mir schenktest
Label Trixi Schober
war am Po links durchgescheuert
Ich schnürte den beigen Schuhbeutel auf
mit den Nähetuis aus den Hotels
in denen wir für eine Nacht logierten
manchmal für Wochen die Namen
gaukelten wie Schmetterlinge heraus

Vornehm dunkelblau mit weißer Schrift
Hotel im Palais Schwarzenberg
gleich viele Male

Das Heftchen lag in meiner Hand
blaues rotes weißes schwarzes Garn
eine Nähnadel
eine Sicherheitsnadel
zwei durchsichtige Blusenknöpfe
und die Bilder tauchten auf
Wir fuhren mit dem vollgepackten Auto vor
den Eingang des Palais
die Diener bemächtigten sich
des Autos und Gepäcks
wie Migranten Zigeuner oder Türken
reisten wir mit Tüten
statt der Nobelmarken
auch mit Heizdecke Picknickkorb und Gummistiefeln
Beim zweiten Aufenthalt erwartete
selbst das Personal der Rezeption
nichts andres mehr
Sie freuten sich auf uns
Wir kamen mit Laptops und Drucker
CDs Platten fünfzehn Mänteln Kaffeemühle
Videorecorder Büchertaschen

Ich war Frau Zadek
ich zeigte keinen Pass
Der Boy fuhr mich im Lift zur Suite 17 hinauf
Karajans in Grüngold gehaltenes Refugium
das so oft Zuflucht für uns war
wenn du am Burgtheater
und bei den Wiener Festwochen
Inszenierungen vorbereitet hast
Vom *Kaufmann von Venedig* von *Ivanov*
vom *Kirschgarten* von *Rosmersholm*
vom *Juden von Malta* von *Nacht des Leguan*
Hamlet Antonius und Cleopatra oder *Peer Gynt*
und Luxus Verwöhnung Stille wolltest
und die Chance zu schlafen
bei der Lage des Hotels

Ich stand am Fenster unseres Zimmers
Ich sah in den Park hinaus
auf den runden Brunnen mit den Putten
in die Kastanienallee hinein
sah uns dort gehen
sah mich am kleinen Tisch vorm Fenster
schrieb mit der Hand
schrieb mit der Maschine
schrieb auf der Laptoptastatur
und druckte auf dem Canon-Reisedrucker aus
während du probtest
Ich saß mit dir im Gartenrestaurant
bei frisch gepresstem Orangensaft
poached eggs und Kipferln
englischen deutschen Wiener Zeitungen
morgens vor der Probe
Ich sah uns bei den Rosenbeeten schlendern
Ich sah uns in den Park gehen

deine Hand auf meiner Schulter
Ich sah uns bei dem runden Brunnen halten
und in das trübe Wasser blicken
dass eins der roten Fischlein spränge
Ich sah uns auf den Liegestühlen
in der Tiefe dieses alten Parks
Ich sah uns mit George Moorse
vor der Fliederhecke diskutieren
wie dein *Hamlet* aufgezeichnet werden könnte
Ich sah dich im Schaumbad tief vergraben
das ich dir eingelassen hatte
und sah mich auf dem Hocker sitzen
im Gespräch so viele Fragen
sweet prince sweet love

Parkhotel Laurin Bolzano Bozen
in Dunkelbraun dies Mäppchen
sein Park ein eng umschlossnes Rasenstück
ich kniete nieder und berührte
das eisige Wasser im Pool
im Schatten der Bäume
Wir hatten im *Laurin* ein Tageszimmer gemietet
und warteten auf den Autoreisezug
am Abend nach Berlin
Ein junges Paar auf Hochzeitsreise
kam den Weg entlang
heute frage ich warum
wir das übersprangen
Du warst geschieden
und wolltest keine Wiederholung
sie hätte unser Leben nicht verändert
das schwöre ich
Wir übersprangen auch ein Kind
Ich frage heute auch weshalb

ich weiß es zwar es war zu viel für mich
so schien es mir
du meine Arbeit und noch jemand
der mich auffraß und den ich liebte
Gern hättest du ein Kind mit mir gehabt
jetzt hätt ich gern wen wie dich an meiner Seite
den ich umarmen
und verwöhnen könnte
oder schon nicht mehr
Der Sohn die Tochter wären erwachsen
und auf Distanz
hands off don't interfer

Ich sah den frisch Vermählten nach
ich malte mir ihr Leben aus
und hoffte dass ich mich in vielem täuschte

Cogeta Palacehotels oder *Baglioni Hotels*
Minicucito mending kit mittelrot
Il Piccolo Mondo in Punta Ala stieg auf
im seichten warmen Wasser an der Südspitze
des Golfs von Elba schwammst auch du im Meer
und ich glitt neben dir dahin
wie ein Delfin der dich begleitete
ohne dich weiter hinaus
und in die Tiefe zu locken
bis es zum Horizont mich zog
und ich mit einem nassen Kuss beidrehte
und dich verließ

Emily mein Patenkind
die fast im Pool ertrank
weil ihre Mutter an anderes dachte
und die Zeitung las

Als sie das Toben hörte sprang sie
und rettete ihr Kind
Unsere Liegestühle standen neben
denen des Bosses der Azzurri
und seiner Frau
Am Strand spazierten Leute
blieben zum Schwatz vor ihren Stühlen stehen
über ihre Hofhaltung in Badeslips
und quellenden Bikinis
amüsierten wir uns
Und abends fuhren wir landeinwärts
allein
in unserer Welt
um irgendwo zu essen

Excelsior Hotel Ernst Köln
Eine Zwischenstation
auf der Flucht in die Normandie
während des *Blauen Engels* am Theater des Westens
eine deiner Fluchten aus Berlin
um sieben Uhr abends
fuhren wir in der Reichsstraße los
Zehn Minuten brauchte ich zum Packen
um Mitternacht waren wir im *Excelsior*
und tranken mit Sigi Anzinger
auf dem Zimmer
ein Glas Champagner
Dieses Zimmer war später
ein dreiwöchentliches Zuhause
in der Probenzeit für die Livesendung von *Mondlicht*
nach den Tagesthemen
nur warst du danach krank
sodass dein Arzt dich aus dem *Savoy Hotel* Berlin
ins Jüdische Krankenhaus entführte

Ich hatte nicht für uns gekocht
Du bliebst beim Nein
es passte nicht in dein Konzept
Wieder warst du der
der *Rotmord* und den *Pott* kreierte
stemmte durchfocht dreißig Jahre jünger
und in allem reüssierte
So aßest du was du nicht essen durftest
triebst Schindluder mit deiner Kraft

Du wolltest nicht ins Krankenhaus
Nach gab ich nicht
Verrat warfst du mir vor
Du verbündest dich wenn ich schwach bin
mit meinen Feinden
Ich antwortete dir nicht
packte unsere Sachen
als du die Diagnose hörtest
zogst du deine Wut auf mich zurück
Ins Krankenzimmer zog ich mit dir ein

Unzählige Etuis aus der Kette
Relais & Chateaux fallen mir in die Hand
Hotels in Schlössern und Landhäusern
vielleicht aus Frankreich England
Holland Portugal Italien
Hier gehen die Bilder durcheinander
doch reißt der Film nicht ab
Ein Wirbel zwischen Palermo Edinburgh
Monopoli und Dürnstein
Beetzerzwack und Noves
immer in Bewegung

Bayerischer Hof München
ein Nachtlogis auf Durchreise
auf der Panikfahrt von Vecoli nach Hamburg
Alex fuhr dich bequem im Mietwagen
damit du die Beine strecken konntest
Das Hotel gab Künstlern höheren Rabatt
als die *Vier Jahreszeiten*
fand ich auf der Fahrt heraus
Als deine Sekretärin gab ich mich aus
die ein Doppel- und ein Einzelzimmer buchte

Alex fuhr so schnell er konnte
du warst so ängstlich
und ich um dich besorgt

Dottore Lombardi im ICNR in Pisa
hatte dich bereits freigegeben
mir glaubtest du es nicht
da kam die Hamburger Entwarnung schnell
die Lungenentzündung war ausgeheilt
die du dir in Turin geholt hattest
als Pinter den europäischen Theaterpreis bekam
Erleichtert kehrten wir nach Vecoli zurück
doch *Was ihr wollt* fand nicht mehr statt

Radisson Hotel Altstadt Salzburg
ich sah Richard Peduzzi und dich
den *Aufstieg und Fall der Stadt Mahagonny* vorbereiten
in der Großen Felsenreitschule
Nach einer Lesereise durch Franken stieß ich zu euch
Du mochtest das Dachzimmer
mit seinen schrägen Decken nicht
und bestandest auf den Umzug in ein Kastenzimmer
Das *Radisson* war ausgebucht

Il Melograno Monopoli in Puglia
Zuflucht
unter hundertjährigen Oliven
ich sehe ihre Stämme vor mir
die Faltenröcke Fratzen greisen Masken in der Rinde
wir gingen zwischen ihnen
wie in einer Ausstellung spazieren
ins *Melograno*
fuhren wir fünf Sommer lang
feierten dort unsre Zweisamkeit
und erneuerten unsere Liebe
bei den Granatäpfeln
bis eines Tages am hellen Mittag
auf dem unbewachten Parkplatz
des Hotels der BMW verschwand
Der Wagen bilde ich mir ein
nahm als der Kalte Krieg vorbei war
den Weg nach Albanien
übers Meer
und nach dem Diebstahl lockte
das *Melograno* mit Vergünstigungen
Ein Vertrauen war beschädigt worden
eine Katze die sich nicht wohlig strecken kann
traute sie dir einmal
kommt nicht wieder

Kempinski Hotels
Ein ganzes Bündel
Kempinski an der Alster
Kempinski am Ku'damm
Grandhotel Kempinski in Heiligendamm

Grandhotel Kempinski in Heiligendamm
Ein paar Wochen vor dem G8-Treffen
zu dem Frau Merkel lud
Noch war das Gelände an der See nicht restlos abgesperrt
sodass wir am Meer spazieren konnten
und ohne Passkontrolle
Ausflüge zu Rapsfeldern
der gelben Sinfonie meiner Kindheit
und Fischlokalen
machten

Unser Zimmer im *Kempinski* an der Alster
war die Nummer 363 oder 463
zum Innenhof hinaus
dort wohnten wir
auch nach dem Brand des Weihnachtsbaums
als ich zurück war aus dem Krankenhaus
die Rauchvergiftung die Verbrennungen
im Gesicht bis auf zwei Schönheitspunkte
und an den Händen ausgeheilt
im Januar 2006 bis zur Premiere des *Bitteren Honigs*
Die Portiers waren unbestechlich
Meister im Verleugnen
wir waren im Hotel nicht abgestiegen

Grand Hotel et des Palmes in Palermo
Das alte Mafia-Hotel
Carabinieri lenkten mich bis vor den Eingang
so freundlich so galant so jung
so schön in dunkelblauen Uniformen
da ich den Zufahrtsweg
durchs Gewirr der Einbahnstraßen
in der Altstadt nicht mehr fand
Sie waren so zarthäutig so milchbartjung

ich bedankte mich aus ganzem Herzen
Villa Vignola in Vasto am Adriatischen Meer
auf dem Weg zu Kurt Hübners Feldherrnhügel
und seinem wüsten Rosenhag
von dem er schwärmte als seis der üppige
von Engeln bewohnte Garten Marias
den er der große Gärtner pflegte
Villa Vignola südlich Pescaras
ein unter Pinien Oleander und Palmen
verstecktes Hotel
ausgezeichnet wegen seiner Küche
du hättest dich krank gegessen
an den Krustentieren
wären wir länger geblieben als eine Nacht
ich schwamm nur bis zur Insel in der kleinen Bucht
im Ohr dein wiederholtes
Bitte, schwimm nicht zu weit hinaus
während du auf einem großen Stein saßest
Du hattest mich im Auge
und winktest mich zurück
mein Handtuch in der Hand
dir wars zu windig
und das Wasser auch zu kalt
Auf dieser Reise lernte ich das Wort Karawanken
und sage es seitdem oft nur vor mich hin
weil ich die hellgestreiften Rücken
grün vom Wein
so ungewöhnlich finde
Was für ein Wunder ist die Erde
Karawanken
und die Sprache

Hotel Schloß Dürnstein
Wie Spielkarten halte ich die weißen Etuis

mit der goldenen Aufschrift in der Hand
und gebe sie aus
zahllose Male

Unser liebstes Zimmer war Nummer 21
wo ich im Fenster die Beine angezogen saß
und auf die Donau blickte
und sah die Dampfer und die Kähne
um die breite Biegung ziehen
in Richtung Wien
in Richtung Melk
und ich erzählte dir
Der Mond stand hoch
Nebelschwaden zogen übers Wasser
und alle Vögel Hunde schliefen
Ich weiß nicht mehr
wie oft wir dorthin fuhren
ob schon bei *Ivanov*
ob erst beim *Kirschgarten* bei *Rosmersholm*
beim *Juden von Malta* bei der *Nacht des Leguan*
beim *Totentanz*
Es war das Ziel fürs Wochenende
Kräfte tanken köstlich speisen
ich stellte unsern Reiseplayer auf
in Krems gekauft
falls wir nichts anderes taten
hörten wir im Bett Musik

Ich weiß nicht mehr
wie oft wir auf der anderen Donauseite gingen
wie wir es nannten in unserm Paradies
Ohne Wimpernschlag verfolge ich
unsere Schritte durch die Obstspaliere
an den Reihen der blauen Weinstöcke entlang

wieder süchtig nach dem Weg
den wir erkundeten
bis in das Unterholz am Fluss
bis kein Pfad mehr weiterführt
Und wenn du müde warst
pausiertest du auf einer Bank
ich lief zurück
kam mit dem Wagen
und sammelte dich ein
Verwehtes und verwehrtes Glück
und wie der Tod gesetzlos
Oh, rufe Gestern wieder,
lass die Zeit umkehren!

Steigenberger Best Western Marriott
Courtyard Marriott in Bochum
Wo du 2006 Triumphe mit *Peer Gynt*
im Schauspielhaus gefeiert hast
wie damals schon
als wir uns noch nicht kannten
mit *Kleiner Mann, was nun?*
und Jürgen Flimm dein Lebenswerk und dich
zum 80. in der Jahrhunderthalle gefeiert hat
Du warst so jung so jugendlich verwegen
in deiner Fantasie
Drei Jahre später als wir in Zürich
im Schnee am See spazieren gingen
sagtest du mir den Arm auf meiner Schulter
tief ins Ohr
dass nicht einmal die Bäume hören konnten
Jetzt können wir nicht mehr so tun
als ob ich fünfzig wäre
Was konnt ich tun
als mich in Breschen werfen

der Körper machte nicht mehr mit
Für zu viel Missachtung rächte er sich
Herhalten und Dienenmüssen Ausbeutung
Ich wollte dich ganz egoistisch
mein Leben lang am Leben halten
but I was a bad healer
doch ists mir nicht gelungen

Im *Courtyard Marriott* in Bochum
fing ich mit Fitness an
während du *Peer Gynt* probiertest
lief ich mir Kalorien ab
Mich beeindruckte der Bismarckturm
ein gedrungener Stumpf
wenn ich im Park der Stadt spazieren ging
malte ich mir in düstren Zügen aus
wie es 1910 war zur Einweihung
die Farben die Feuer die Toaste
die Uniformen der Krawall
Feuer auf 100 Türmen
zu gleicher Zeit quer durch das Land
das Sieges und das Einheitshurra
Ich wünschte mir von dir ein Laufband
in Hamburg hast dus schließlich auch benutzt
in unserer letzten hellen grünen Höhle
nah der Alster
Licht und Stille
waren ihr Geheimnis

Starline führt aus Hamburg
nach Engelland Jahrzehnte früher
nach Harwich auf der *Prince Hamlet*
Sturm war angekündigt für die Nacht
Wir schluckten unsre Pillen gegen Seekrankheit

schon im Hafen und wankten übers Deck
Im Auto ging es weiter nach London Bristol
in ein gottverlassnes Nest
namens Woolacombe in Somerset am Meer
Unsere erste Reise auf deine Insel
oder in dein Shakespeare-Land
Du warst mir nah und mir so fremd
dass ich mich fragte
wen himmelkruzitürken liebe ich

Du warfst mir Exklusivität vor
Du warfst mir Posen vor und Kälte
Ich strengte dich an
und du sagtest auch ich weiß nicht
wann du mir zum ersten Mal begegnet bist
vor zwanzig Jahren vierzig Jahren ich weiß es nicht

Auch das Sewing Kit Mending Kit
stammt von der Insel
ins schottische Hochland ging es da
in die Nebelschwaden an den Hängen
zu den Hexen
zu Ness im silbrig langen Glen-More-Tal
als wir weiter ausprobierten
ob es miteinander ginge
nach deinem oder meinem Rhythmus
im Kampf der Köpfe
im Kampf der Sinne
in ungeheizten Schlössern
wo ich so oft verstummte
weil ich nicht weiterwusste
in mir nicht und mit dir nicht
Mit mir hadernd an mir zweifelnd
den Koffer wollt ich nehmen

flüchten mehr vor mir als dir
weil ich keinen Ausdruck fand
nur Widerspruch und Stückwerk
stumm geschlagen auf dem eigenen Feld
Und als wärs der Ausweg
bei dir blieb im *Duke & Forsyth*
in *The Creggans Inn* in Strachur Argyll
flüchtete ich in deine Arme
sie wiesen mich nicht ab

Ein Emergency Sewing Kit fand sich für Cornwall
im Juli 1980
wo ich noch immer nicht wusste
wie ich was ich so sehnlichst wünschte
schaffen sollte ohne zu zerspringen
Und so zerbrach ich mir den Kopf
und quälte mich

Deine Lösung war verblüffend einfach
in St. Ives im *Garrack Hotel*
sah ich auf dich hinunter
lange Zeit in dein eines braunes Auge
sein schräger Schnitt begeisterte mich neu
Ich spürte wie es mich durchdrang
und sah dann in dein anderes Auge
sah auf deinen Mund
du zogst mich zu dir hin

Ein anderes Kit führt nach Devon
und ins *Lake District*
auf die Spuren deiner Jugend
nach Eyam in die Zeit der Pest
Wir fuhren zum Festival nach Edinburgh
wo wir mit *Antonius und Cleopatra*

dem *Kaufmann von Venedig*
und *Peer Gynt* gastierten

Hotel Reber au Lac Muralto Locarno
Family Reber since 1886
Mein Blick geht aus unserer Suite
auf den Lago Maggiore hinaus
Einmal vor vielen Jahren waren wir dort
beim Filmfestival
Antje führte in die Geheimnisse
des Schweizer Weißweins ein
des Yvoire
des Dôle des Espesses aus dem Wallis
wir mochten das *Hotel Reber*
dessen große Zeit zurücklag
es war so wunderbar
vergammelt

Als wir vor zwei Jahren im Oktober
auf dem Weg nach Zürich
zu den Proben für *Major Barbara*
in dem alten Grandhotel übernachten wollten
schien es verkauft es schien geschlossen
Ich hatte keine Stimme mehr am Ohr
unter der Nummer im Adressbuch
wie oft und wann immer ich sie anwählte

So sterben die Erinnerungen
ohne Zutun ihre kleinen Tode
lebend

Hotel Cipriani Venezia
Antje lud uns dorthin ein
als du fünfundsiebzig wurdest

Auf dem Weg von Wien nach Vecoli
wollte ich ins *Cipriani*
Ich war nicht sicher
nein Luigi Nono das Gefängnis gleich nebenan
ein Unort wie ich bei mir sage
doch da es dein Geburtstag war
und du über diesen Tag bestimmtest
fuhr ich den Wagen in die Parkgarage
dort wo man in Venedig ankommt
und trug die Taschen in das Boot hinaus
I was not amused
wenn ichs mit geschlossenen Lippen sagen soll
Der Geburtstag der mir hier nicht passte
neppisch protzig fand ichs hier
auch unser Schlafzimmer
den auf und ab fahrenden runden
TV-Tisch in der Mitte
und die fetten Ehepaare aus Amerika
dieses viele rosa Fleisch am Pool

Hotel San Marco Porto Rotondo
Einmal wolltest du es wissen
wie es sich lebte im Herzen
der mondänen Welt der beautiful people
in ihrer exklusiven privacy
an der Costa Smeralda
doch was uns empfing
war nur Touristenrummel
Wir flohen ihn so schnell wir konnten
die Nachbarschaft des Cavaliere
gefiel uns auch nicht
Jetzt hatten wirs erfahren
wir die Wiederholungstäter
wiederholten einmal nicht

Hôtel Molière
21 rue Molière 75001 Paris
Als der Louvre zu deinen Ehren
ein Ibsen-Symposium veranstaltete
und bei der Podiumsdiskussion
die stinklangweilig und endlos war
weil Stephane Braunschweig
endlos sprach Angela Winkler
von ihrem Stuhl zu Boden kippte
Die gespielte Ohnmacht weckte
alle wieder auf

Hotel Schloß Seefels
in Pörtschach am Wörthersee
Vorher hatten wir in der
Villa Condulmer in Mogliano Veneto
übernachtet wie so oft
auf den Fahrten zwischen Vecoli und Wien
Du hattest genug
von der Hitze des Augusts
und bestandst darauf
dass ich täglich nochmals schwömme
da du mir den liebsten Sport mit Langeweile gepaarter Unruhe
im Sommer so verkürzt
genommen hattest
ehe ich auch nur
im kalten sonnenlosen Wasser fror
Du schwammst im geheizten Pool des *Seefels*
das besetzt von Bayern war
in Lodenjoppen und Kostümen
Wir flüchteten im Frühstücksraum
vor der Übermacht der lauten Herren
und ihrer weißgewellten Frauen

und waren auf dem Weg zum
Juden von Malta im Burgtheater
und wohnten in der Walfischgasse 12
zweiter Stock
als unter uns der Alpenverein
seine Räume umbaute
flüchteten wir in den Appendix
des *Schwarzenbergs*
bis zur Premiere
Dort gingen wir im Park spazieren
wenn wir am Abend nach der Probe
nicht an der Alten Donau gingen
oder die Praterhauptallee
herunterliefen um dann einzukehren
im *Jägerhaus*
spätnachts für einen Zweigelt
einen Blauburgunder
und eine trockne Bretzel
so klangen die Abende in Wien meist aus
nachdem wir diese Wege
die erleuchtet warn gefunden hatten

Grand Hôtel de Cala Rossa
Cousette 20137 Lecci de Porto-Vecchio
Dorthin fuhren wir viele Jahre
im September
das Meer war warm und flach und seidig
bis die vielen Quallen kamen

Das *Hotel Zum Storchen* liegt Am Weinplatz 2
in Zürich an der Limmat
bei den Schwänen
Es war die letzte Bleibe im April 2008
in der wir zusammen übernachteten

zur Vorbereitung von *Major Barbara*
im *Pfauen*
2009 ein letztes Mal
Eisig war die Januarnacht
als das Auto nicht mehr ansprang
zu kalt die Wohnung in der Steinwiesstrasse
da suchtest du Wärme und Unterschlupf
im *Storchen*
Niemand an der Rezeption erwähnte
im Haus die Bauarbeiten
dass in der Nacht die Heizung ausgefallen war
so kamen wir vom Regen in die Traufe
Mehr Decken Wärmflaschen
zusätzliche Heizkörper um unser Bett
Diese Nacht taucht als letzte
aus den Nähgestecken auf

Auch noch ein Frühstück mit verdünntem Orangensaft
Toast bacon and eggs
und den Blick auf eine weiße Limmat
nichts überspielte den Horror der überstandenen Stunden
nur mussten wir für die Übernachtung nicht zahlen

Versunken in den Flug der Namen
die Asche unserer Jahre
vergaß ich längst wonach ich suchte
weshalb unter meinen Schuhen
ich den Beutel mit dem Nähzeug
hervorgekramt und aus der Hand ihn legte
War es noch wichtig

Ich hatte die Nadel mit dem großen Öhr
im Kit des *Parkhotel Laurin*
sogar gefunden

Du schenktest mir die Hose Marke Trixi
nach einer Präsentation im *Atlantic*
vor vielen Jahren
ich müsste rechnen wann das war
in einem Winter
Ich fädele den Faden ein
trag die Hose nicht

Two elderly ladies *2.1.2010 Meinekestraße*

Zur Knallerei um Mitternacht
ich wollte nicht allein sein
gingen Danka Tolek und ich mit dem Hund
auf die weiße Rehwiese hinaus
Wir sahen zu wie bunte Sterne
und Geschosse in den Himmel fuhren
und der Zauber
hinter verschneiten Bäumen platzte
Auf unseren Goretex-Mänteln rutschten wir
die Abhänge hinunter
Schuss
ins neue Jahr
in dieses neue Jahr

Seltsame Zusammenfälle *3./4.1.10 Meinekestraße*

Michelangelo Antonioni starb am 30. Juli 2007
in Rom
Ingmar Bergman am selben Tag
auf Fårö

du starbst am 30. Juli 2009
in Hamburg
Ich kannte Bergman nicht
Ich bin nicht abergläubisch
doch knüpft die Fantasie auf einmal
sich hexenhaft ein unsichtbares Netz
als wäret ihr drei vom Plan der Parzen her
von früh auf verbunden

Nur einmal bracht ich dich
mit Michelangelo zusammen
als er schon sehr krank war
nach der Premiere von *Antonius und Cleopatra*
deren letzten Akt er im Theater an der Wien
sich angeschaut der ihm gefallen hatte
Ich führte ihn zu dir
zur Liebe meines Lebens

Er grüßte dich aus seinem Rollstuhl
wie ging es dir doch gut
jetzt hättest du die Kraft
Moonlight zu inszenieren
Pinters spätes Stück
vom alten Mann im Bett
der stirbt
die Frau an seiner Seite
Doch rücktest du noch später
nicht den alten Mann ins Zentrum
sondern den Menschen der verlassen wird
die Mutter die sich sorgt
die Frau die liebt
in ihrer kurz gefassten Fantasie

Sie beugt sich ins Diesseits

lauscht
ein Nähzeug in der Hand
Er beugt sich ins Jenseits
ohne Wunsch
außer bleiben zu wollen

Vielleicht sitzt ihr nun beieinander
Pinter Bergman Michelangelo und du
und tauscht euch aus
was im Leben nicht gelang
die Zeit war viel zu kurz vor Plänen

Ohne Antwort

4.1.10. Meinekestraße

Ist es leichter vorauszugehen
wer will das
Ist es leichter zurückzubleiben
wer will das

Nestwärme

5.1.10 Meinekestraße

Ich hatte Aras im Tropenwald
des Amazonas gesehen
geschwätzig leuchtend hoch im Geäst
Was trieben Papageien in der Eiseskälte
der Volieren am Neuen Kranzler Eck

Etwas verbindet uns
dachte ich
das auch den Vögeln fehlt

Auf den Tafeln las ich
Sittiche aus allen Gegenden Australiens
und sah im Internet ungläubig nach

Ja diese Papageien sind Frost gewohnt
nur ich war aus dem warmen Nest gefallen

Die Gleise eines Lebens

5.1.10 Meinekestraße

Du hast über zusammenlaufende Gleise
nichts gewusst als Sophie das Foto von dir
in Vecoli oben vor der Kirche
bei dem alten Friedhof schoss

Du stehst mit den Händen in den Taschen da
in deiner dünnen braunen Lederjacke
die ich jetzt trage
und einem deiner vielen schwarzen Peter-Scott-Pullover
Was konnte dir die Welt schon bieten
frech und sicher wie du warst
Ein Jahr davor waren wir
in unser Haus gezogen
sehr verliebt
nach unsrer Reise durch Marokko

Eben erst durchfuhr es mich
als ich das Foto wiedersah
Die Gleise sind nun endgültig
zusammengelaufen
wie dieses lange deutsche Verb

Du liegst im kleinen stillen Gräbergarten

außerhalb des Bilds
ich habe dich dorthin gebracht
Sophie hat dich von Hamburg
im Rucksack ihrer Tochter
huckepack hierher getragen
zwanzig Schritte von dir selbst entfernt

Und hast den alten Himmel
hast die Berge und das Meer um dich
was auf dem Foto nicht zu ahnen ist
Hast du es so gewollt
sollt ich es wollen
Wir sprachen nie darüber
Du hattest nichts verfügt

11.1.10 Meinekestraße

Was im Todesschlaf
für Träume kommen können

Wie kann ich damit einverstanden sein
dass du *das unentdeckte Land*
aus dessen Grenze kein Reisender heimkehrt
niemals wirst verlassen können
Ich wüsste trotzdem gern
während ich den Schnee
still fallen höre durch das All
wo genau du bist
ob dich die Sonne wärmt
wovon du träumst
wer um dich ist

Einen Winter wie in Zürich
wolltest du nicht noch einmal erleben

doch wenn wir im Auto oberhalb des Sees
durch die weiße Landschaft fuhren
gefiel die unberührte Weite dir

Wir hätten unsere Reisen
zeitlos dehnen können
weißt du noch
in Malaga wollten wir jetzt sein
und Nizza einmal ohne Arbeit
den ganzen Winter lang

Komm in den Schnee

7./11.1.10 Meinekestraße

Wir hatten uns verliebt und du
kamst mich besuchen
kamst in mein Schloss
Schloss meines Bruders

Zieh dich warm an
zieh dich zum Pferdeschlittenfahren an
Fußsack Decke Mütze Schal und Fäustlinge

Uns kutschierte der Verwalter
in der Hand die Peitsche
ließen wir uns durch die blaue Kälte ziehen

auf geradem Weg
zum Wulfsberg träumtest du
von König Artus und der Ritterrunde
von Genevieve
deinem nächsten Stück
deinem wüsten Wildgruber deinem König

der nicht stirbt da schöne Feen
ihn im Boot nach Avalon Land des Vergessens
bringen wo er schlafen kann
bis man ihn wieder braucht

Du beschworst die Utopie der Brüderrunde
in dem kalten Land um uns
und ich dachte neben dir
dies Stück Leben helfe ich dir
zu leben oder zu schreiben

Verpasste Gelegenheiten

12.1.10 Meinekestraße

Morgens in den Kissen
neben wem erwachen
wie in Seeon
als Sophie bei mir lag
ist das schön
dachte ich
bei ihrem dunklen Schopf
sofort an dich

und wie traurig du warst
wenn ich mich in der Nacht
aus unserem Bett geschlichen hatte
weil ich übernächtigt
neben dir nicht schlief
und du nicht schlafen konntest

Um wie viele Glücksmomente
habe ich dich so gebracht
wie ich jetzt einen davon erahnte

Nie wieder werden wir
miteinander und nebeneinander
erwachen

Schnee

13.1.10 Meinekestraße

Es macht so müde
so alleine durch die Welt zu gehen
und sich einen Sinn zu finden
jeden Tag und dann am nächsten Tag
und immer vierundzwanzig Stunden lang

Wenn die Freunde nicht wären
und trotzdem sage ich zum Schutz
es geht
doch geht es ohne Brüche nicht
ich weiß auf diese Frage keine Antwort
außer meine stumme Gegenfrage

Wie kann ich mich vergessen

ich lenk mich ab ich lache trinke
bin nicht allein
und breche danach wieder ein
und treibe auf der Scholle
wie als Kind
mit den Stiefeln
auf den Teich hinaus

Dissonanzen
Schönberg op. 11, 2. Stück

13.1.10 Meinekestraße

Die Töne tropfen aus dem Himmel
sie ballen sich und rollen an
sie brechen auf schnell wie
Blumen zeitgerafft
Sie jubilieren im Schmerz
und gehen alleine weiter
tiefer tiefer
und tiefer
und wieder neu
die Wende anders
ruhelos

Wie oft denke ich

15.1.10

Wie oft
sei ich nur ausgegangen
und kehrte zur Nacht
in deine Arme zurück

Hilflose Trauer

20.1.10 Meinekestraße

Hingemäht hinweggerafft
ich sage weggenommen
ich sage das Ende
vor einem halben Jahr
Hilflos stehe ich
vor der Ordnung der Welt

dem Platzmachen
Platzmachen müssen höre ich
Nachdrängen der Jungen
da selbst Bäume
in den Himmel schießen
Weiterrücken der Zeit
die ich seitdem ich denken kann
beherrschen wollte

Den Bleistift in der Hand
lese ich deine meine *Wanderjahre*
und verschwebe mich mit dir darin

Der Gedanke dass Erinnerung ist
was unser Leben unsre Liebe war
macht mich rebellisch
Wem hast du Platz gemacht
Wer sitzt auf deinem Stuhl
Leer ist er leer
und leer bleibt er leer

Ich könnte den Tod erschlagen
weil er dich erschlagen hat
bevor ich ihn zerhacke sag ich ihm
gib meinen Liebsten mir heraus
und du Tod bleibst am Leben
erfinde dir was anderes
nur die Verschwendung nimm zurück
den Irrtum unter uns

Ich durfte in deinen letzten Stunden *20.1.10*
nicht bei dir sein

Dein Tod
welches Wunder
Ein Lächeln im Schlaf

Unsere Welt *24.1.10 Meinekestraße*

Unsere Welt
wo sinkt sie hin
in mir
aus mir
ins Unendliche
schwebt deine Seele
Hätte ich nur deine Leichtigkeit
auch jetzt
das Leben als ein Spiel zu sehen

Ich steh an einem Land *27.1.10 Meinekestraße*

Ich steh am Ufer
seh dir nach
Wer nahm dich mit
Wohin
da wir an allen Ufern
stets zusammenstanden
und in dem Angeschwemmten suchten
ein Holz einen Schuh
und eine rosa Muschel wie ein Mund

So fanden wir das Tier
Nashorn Einhorn Drache
in dessen Flanke eine kleine schwarze
Muschel überlebt hatte
unser Kind aus Holz und Meer
Die Schiffe fuhren draußen
doch keines legte an

In den Äther
zu den Wolken
blicke ich
ich müsste neu
ätherischer auch jetzt
in den Wirbeln des Kosmos hausen
da ich den Grund nicht mehr habe
auf dem ich täglich stand

Ach Bilder *27.1.10 Meinekestraße*

Bilder über Bilder
Schwirrender Kopf
Schwirrender Körper
Warum kann ich die Zeit
nicht umkehren
warum mit dir nicht
von vorn beginnen
Ich habe dir alles hingegeben
jetzt bin ich ausgegeben
und habe dich nicht mehr
was mache ich nur
mit meiner Sehnsucht
Ich habe für sie kein Bett
das du warst

Die Feier einer Liebe

27.1.10 Meinekestraße

Ich höre die Frühlingssonate
dass Sehnsucht auch so süchtig traurig macht
den Schluss
von *Antonius und Cleopatra*
Shakespeares Verse über Liebe
oder Tod verschränkt in Liebe
Liebe verschränkt in Tod
I am dying, Egypt, dying …
Nur so lang
Lass ich den Tod noch warten, bis ich von so
Viel tausend Küssen den armen letzten auf
Deine Lippen drückte …
Edelster der Männer, du stirbst?
Und sorgst dich nicht um mich? Was soll ich in dieser
Öden Welt, die ohne dich nicht besser ist
Als ein Schweinestall?

Ich habe meine Liebe übertragen
in diesen Versen und dir dargebracht
Und du hast unsre Liebe übertragen
in deinen Bildern und mir dargebracht

auch den Verlust
wenn einer geht
und was das ist
und was unsterblich ist
an einem Menschen

Trauer

29./30.1.10 im Zug von Coburg / Meinekestraße

Auch die Erinnerung an die Person
die ich mit dir war
und nicht mehr bin
auch nicht wieder werde
macht mich traurig
Was willst du frag ich mich
du hast keine Wahl
es hilft nicht die Tage die Stunden
rückwärts zu zählen
wie in den vergangenen Monaten
und dennoch verschwende ich
meine liebste Energie darauf

So viele Wege einst
so viele Sackgassen jetzt

Dass alles was wir uns sagten
nicht nur dein *Huhn* und *darling*
und *I love you Komm*
und *mein Liebster mein liebstes Herz*
mein Pinguin mein Honigkuchen
dass dein Gedächtnis
das wie ein Computer war
ausgelöscht und *wasted* ist
macht mich rebellisch
Du wärst der Letzte
der das akzeptierte

Du bist mir vielleicht ja nur voraus
ins Nichts der Unsterblichkeit
Worte Worte Worte

Anrufung des Engels

30.1.10 Meinekestraße

Engel hilf mir noch einmal
führe mich zu ihm
meine letzte Bitte
und mach es jetzt
um diese Zeit der Nacht
vor einem halben Jahr
ist er gegangen
Führe mich in seine Helle
auf seinen Strahl
und beschleunige
die Geschwindigkeit
bis ich endlich bei ihm bin

Freier Fall

2.2.10 Meinekestraße

Ich hatte den Mut
es mit dir aufzunehmen
aufs Spiel zu setzen
meine Wurzeln

Ich bin aufgesetzt
nicht aufgeschlagen
bin neu erwacht
bin nur gewachsen

Einübung

2./3.2.10 Meinekestraße

Ich dachte wir hätten nur einen Feind
und der heiße Tod

Alles zerhauen
all das Schöne

Was ist unsterblich
an einem Menschen
nur die Vertauschung etwa
die wach hält
deine Liebe in mir
meine Liebe in dir
deine Seele in mir
meine Seele in dir

Es ist als jage die Zeit
in zwei Richtungen
wie Stürme
die die Welt spalten
Es ist als entfernten
mit zunehmender Geschwindigkeit
wir uns voneinander
Es ist als würdest du
mir zur Strafe
noch einmal genommen
weil wir uns liebten

Liebe *6.2.10 Meinekestraße*

Dieses kleine Wort
fünf Buchstaben
zwei Silben
in der deutschen Sprache
und was entstehen daraus
für Milliarden Welten

und was für ein Chaos
welch Ruhe
was für Hass
oder welch engelsgleiche Sicherheit im Leben

Meine Ruhe
meine Sicherheit
wollt ich dir geben

So schizophren der Abend *6.2.10 Meinekestraße*

Nicolas ruft an will mit Leon
und mir essen gehen
Haben Sie Lust sagt er
mit uns zu speisen
und ich lache spielt er doch mit mir
Ich freue mich sag dankend ab
ich geh ins Kino
The two brothers fragt er die Coens
ins *Cinema Paris* sag ich
frag mich nicht in welchen Film
ich mit den Toleks gehe
ja ja *A Serious Man*

doch am liebsten würde ich
gleich schlafen gehen
mich totschlafen
egal in welches Land
nähme es mich auf
auch wenn ich dich
dort nicht mehr träfe

Nach dem Film
welch schmock
du wärst nach zehn Minuten gegangen

Weitergehen

11.2.10

Das Nichtmehr und das Weitergehen
wie soll sich das verbinden
da es so sinnlos ist
das Weitergehen
im Nichtmehr wandern
Ich wollte bei dir bleiben
bis ans Ende

Ach

12.2.10

Ich grübele und grübele
was hätt ich besser machen
vielleicht verhindern können
Was wusst ich nicht
was unterließ ich
argfrei nicht
Angst überspielend

Was ist es das so pocht
Gewissen oder Liebe

Inkubation

4.2.10 Meinekestraße

Wie früher du
bleib ich jetzt morgens liegen
und ruh mich aus
Wovon ich weiß es nicht
ich suche nur
suche nach mir
nach einer Spur in mir
und trinke Tee im Bett
wie wir es taten
ohne zuckerfreies Kipferl
ohne Süßstoff
Tee mit wenig Milch
und einem Löffel Honig
wie damals
als du mir zusahst
wie ich am Löffel leckte
und sagtest *Bär mein kleiner Bär*
und wir uns in den Augen lagen

Mein Problem

23.2.10 Meinekestraße

Ich konnte dich schwer bremsen
Ich half ich schützte dich
Ich liebte deine Kraft
der schmale Grat
dich jung zu halten
da du doch nur an Jahren älter warst
Ich mochte es dich zu befeuern

Im nie Besprochenen

24.2.10 Meinekestraße

Wir sind auch dort
im nie Besprochenen
verwachsen
Ein Leben ein Stoff ein Fleisch
wovon du nahmst
und ich mir nahm
Ich zog uns in die Sätze
Bilder meine Bücher
Du nahmst uns in die Stücke
die du inszeniertest
und verstecktest uns darin

Wer zähmte wen
Wer stürzte wen vom Turm
Wer liebte wen bis ins Delirium
Ein Kind
Wer sehnt sich mehr
wer reißt wen in den Tod mit
Sterben wir zusammen
so wollte ich es
Wir lassen Firs zurück
Wir fahren nach Paris
Wir gehen in den Wasserfall
Wir entkommen in der Nacht
Wir proben *Hamlet*

Glauben wir an eine Utopie
der Liebe

Trauerweiden und Seerosen

19.2.10 Paris, Orangerie /
26.2.10 Meinekestraße

Du liebtest von früh auf Trauerweiden
auch vor deiner Wohnung an der Schönen Aussicht
standen drei
grazil bogen sie junge alte Mädchen sich zum Wasser
wenn wir spazieren gingen
hielten wir vor ihren lichten Röcken an

Deine Ruderfahrten auf der Cherwell
tauchten in den Weiden wieder auf
Jugend und Musik in Oxford
ein Mädchen vor dir auf dem Kahn

Ich liebte weiße Seerosen
ihre schwärmerischen Kreise
im Teich vorm Haus
Als Kind war mir verboten
sie zu pflücken
Sie zögen mich hinab
mit ihren grünen Stielen
in den Tod so hieß es

Jetzt sah ich Monets Weiden wieder
ohne dich war ich zum ersten Mal
ich will es gar nicht sagen in Paris
ich sah die jungen alten Mädchen
sah sie das Wasser streifen
sah die Lichtreflexe schwimmen
sah ihre Blätter
in dem Grün und Violett und Blau

Es zog mich zu den Rosen

an jedem Teich
an dem wir gingen
als wär da eine Rechnung offen
noch mit ihnen
und pflückte doch nie eine Blume

Du hingegen pflücktest mich

Orangerie

19.2.10 Paris /
26.2.10 Meinekestraße

Abschiednehmen
und Wiederfinden
scheint ein und dasselbe
wenn ich blinzle

Soutine entdeckte ich für mich
im Programmheft
deines Wiener *Kirschgartens*
Wir entdeckten ihn zusammen

Jetzt steh ich ohne dich
vor seinen Bildern
La Fiancée ausgemergelt
als brächte sie den Tod
Arbre couché ein wilder
breitgestrichner grüner Baum im Fallen
und ich gehe mit dir
im Bois de Vincennes spazieren
im bois couché
als der Sturm den Wald umlegte
vor zehn Jahren weißt du noch
und wir sesshaft werden wollten

in der Rue du Dragon
dein und mein Jugendtraum
verwirklicht

die Porträts mit schiefen trunknen Blicken

Bœuf et Veau
und die in Blut getauchten stillen Hasen
Fasane Puter Mord an jedem Ort

Immer wollten wir nach Giverny
wegen deiner Weiden die dort nicht trauern
und meiner *water lilies*
und haben es niemals geschafft

Auf Monets Bildern wachsen
deine Weiden meine Rosen
meine Rosen deine Weiden
zusammen
wie in meiner Kindheitsfantasie

Horatio und Hamlet

20.2.10 Paris /
26.2.10 Meinekestraße

Wir spielten
ich Horatio
und du Hamlet

Ich: *Ich werde sagen, du bist nicht fit*
Du: *Wenn es jetzt sein soll*
kommt es nicht mehr
wenn es nicht mehr kommt
wird es jetzt sein

wenn es jetzt nicht ist
wird es doch kommen
das Bereitsein ist alles

Hast du das am Ende
selbst gedacht
sediert
und zugerichtet
als du verstummtest
und ich dich nicht mehr
halten konnte

Erste Kätzchen *1.3.10 Meinekestraße*

Vor dem Haus der Börse
wächst in einem Kübel
eine mickrige Weide
Bis zum Bauch geht sie mir
eine Gerte trägt ein Kätzchen

Ich sehe sofort andere Zweige
mit dir in Ferch
kaufte ich dem alten Mann
der an der Straße saß
die ersten Kätzchen ab
im Februar eines lang vergangenen Jahres
Sie waren prall und rund
und silbrig weich
vom Schwielowsee
Sie waren deine Frühlingsboten

Ich stellte die willow catkins

in der Wohnung auf
das freute dich

am nächsten Samstag
saß der Alte
nicht wieder an der Straße
Du warst enttäuscht
als liefe die Zeit nun rückwärts
und müsstest du zurück
in Eis und Schnee
und Gliederschmerzen
Da sagte ich
das Frühjahr kommt
hör doch die Vögel jubeln
schau dir die kleinen roten Sterne
der Haselnüsse an
sie warten auf die Bienen
Dich küsse ich
dass dir die Zeit vergeht

Nach Vecoli

2.3.10 Meinekestraße

Ich fahre zu dir
Ich fahre zu uns
Wohin
ohne dich
Nach Hause
ich fahre trotzdem zu dir
ich fahre zu uns

Ich gehe zu dir
den Hügel hinauf
ich gehe nach Hause

Liebe

15.2.10 Hamburg, Fettstraße 6 /
8.3.10 Vecoli

Du hast in mir die Sehnsucht
bedingungslos zu lieben
diesen tiefsten Grund erweckt
wo Kampf aufhört
und Schmerz verschmilzt

Nun ohne dich
wohin frag ich
geb ich dir
diese Lieder weiter

Unser Bett

8.3.10 Vecoli

Bett der Liebe
Bett des Streits
Bett der Prügel
hin und wieder
Bett des Todes
Bett der Tränen
Bett eines ganzen Lebens Glück

Besuch und Abbruch

10.3.10 Vecoli

Die Vögel haben dich besucht
ich sehe es an ihren Spuren
Sie haben für dich gesungen
auf dem Stein
Take, o take those lips away ...

When that I was …
Wir genießen die himmlischen Freuden …

Ich komme mit den Hunden
mit Fiona und Vito
deinem dicken Liebling
der dich morgens an der Bettseite begrüßte
und einem ersten Mimosenzweig
duftend gelb
Es schneit es graupelt
und wieder trennt ein Tag
uns länger oder mehr

Giovanna will deine Schuhe forträumen
und meinen Schuhen
in deinem Schrank Platz schaffen
Der Gedanke dass du
an den Füßen nichts mehr hast
du barfuß bist
du barfuß kommst
wo du doch immer
an den Füßen frorst
treibt mich um
Ein Paar leichte Stiefel
und die eleganten schwarzen Slipper
aus Cannes die ich dir schenkte
behalte ich für alle Fälle
und stelle sie zu meinen Schuhen
Giovanna wirds verstehen
und dir den Platz einräumen
wenn du in der Tür stehst

Platz

10.3.10 Vecoli

Ich will Platz
für mich
auf deinem Stein
unter deinem Namen
Ich wollte
beim ersten Blick
in deine Augen
mich von dir
nicht wieder trennen

So werden wir
für alle Zeit
zusammenliegen

Unser Kirschgarten

10./11.3.10 Vecoli

Zur Premiere deines *Kirschgartens* in Wien
schenktest du mir Texte über Bäume
ein Lesebuch für Stadtbewohner
unser Kirschgarten
love love Peter 16.2.96
auf der ersten Seite deine Widmung

Als wir uns trafen mochtest du
nichts wissen über Bäume
ich wusste alles über sie
kannte ihre Namen
ich konnte anhand der Rinde
sie dir nennen
dich irritierte von mir zu hören

Dies ist eine Buche dies eine Fichte
eine Eiche eine Haselnuss
dies eine Hainbuche im Unterschied zur Blutbuche
und dies eine Eibe Esche Ulme
Ulmen sterben aus
Schau dir die Blätter und die Nadeln an
kein Blatt ist wie ein anderes
und keine Nadel wie die andere
Pingel Besserwisser meintest du
und sagtest doch das Gleiche über Menschen
Ein jeder Mensch ist anders
milliardenfach dies Wunder

Ich ging mit dir in Wälder
wo immer wir waren
und in die Parks
Bäume liebte ich
und du allmählich auch
Meine Bäume deine Bäume

Wir erzählten uns
Geschichten über sie
wollten ein Baumbuch
für Kinder schreiben

Arthur Rackham war dein Liebling
du zeigtest mir in vielen Büchern
seine Bäume
komplizierte Wesen
umschwirrt von Feen
bewohnt von Tieren
der wunderlichsten Art
aus Shakespeares Welt
Wir fanden diese Wesen wieder

auf unseren Wegen in Apulien
durch Olivenhaine
und in Kastanienwäldern
der Garfagnana
im *Sommernachtstraum*
unter Kiefern an der Elbe
auf grünem Grund
Wir hatten unsre Wege
zu denen es uns immer wieder zog

Du saßt im letzten Sommer
in Vecoli wo ich nun ohne dich
in kahle Bäume schaue
auf der Terrasse
glücklich in der Sonne
und beschriebst mir
wie verschieden die Blätter aller Bäume
unsres Gartens
sich im Wind bewegten
und von selbst die Zweige wiegten
Ihre Ruhe brachte dich zu dir
ich liebte dich
als hätt ich dich noch nie geliebt
für dieses Wunder
das dir widerfuhr

Die Hunde fressen Gras

13.3.10 Vecoli

Die Hunde fressen Gras
und ich weine
Vorgestern brachte ich
dir blauen Rosmarin

There's Rosemary, that's for Rememberance
Pray Love remember
Und gestern den Mimosenzweig
Mich friert
so ohne dich
in diesem Winter
Heute gelbe Kätzchen
und ich sang
The poor soul sat sighing by a sycamore tree
Sing all a green willow
Her hand on her bosom her head on her knee
Sing willow, willow, willow
Veilchen Primeln
Himmelschlüssel
jeden Tag komme ich
mit dem Frühling unsrer Liebe

Vorzeitig

13.3.10 Vecoli

Der Sturm hat im Garten
zwei Äste der Zypresse
abgesplittert
Sie liegen im Gras
wie ein Paar im Liebesschlaf
hintereinander
mit blauen grünen Wedeln

Vorzeitig unzeitig
verdankt das Wetter
sich dem Klimawandel

Ich beklage ihre Strecke

Ich brauchte die Äste nicht als Feuerholz
ich sah ihnen zu
als durch sie der Wind ging
genoss wie sie schwelgten
genoss wie sie tanzten
so gern wie du

Die Weichheit der Liebe *14.3.10 Vecoli*

Früher fand ich Fotos überflüssig
Ich weiß doch wie es war
sagte ich von oben herab
ich habe ein Gedächtnis
Heute bin ich froh dass es sie gibt
und dich und mich darauf
wer immer uns so sah

Ich sehe uns
wie sie entstanden
im Verlauf der Jahre
zufällig
dort lachen wir uns an
verliebt wie Turteln
hier springe ich in deinen Blick
hier tanzen wir
die Körper so eng aneinander
dass ich noch spüren kann
wie du mich hältst
während ich uns anschaue
die überwältigende Weichheit
unserer Liebe
wie sie vom einen

in den anderen übergeht
und einen Körper aus uns macht
einen Rhythmus
einen Schritt
und einen Halt

und zugleich konntest du mich schlagen
mich wieder zu mir zu uns bringen
um etwas wiederherzustellen
einen Halt
wenn ich vereist
und ausgefallen war

Geburtstag

15.3.10 Vecoli

Da bin ich nun allein im Haus
wie viele Frauen meines Alters
und andere die noch älter sind
In neuer Freiheit
neuem Leben
versprechen Menschen
die es zu wissen glauben

Trösten und Mut machen
denk ich
sollen solche Sätze
Ich mache mir nichts daraus

Ich finde meine eignen Wege
wie ich sie mit dir bereits gefunden habe
Doch ist heute
mein erster Geburtstag ohne dich

Ich bin allein
Ich feire nicht
Ich denke an den letzten Tag
zurückgekehrt aus hohem Norden
von einer Mutter die neunzig geworden war
an jenem Tag und sich hatte feiern lassen

Ich denke an den Tag
an dem ich Stunden
per Zug und Schiff und wieder Zug
nach Hamburg dir entgegenrollte
und sehnlichst dich erwartete
und du mich
in deine Arme schlossest
und mein Tag somit begann
spät unser Tag
doch unser Tag
am Abend

Deine Geburtstagsrosen

15.3.10 Vecoli

Du schenktest mir tiefdunkle Rosen
Ich war zu Hause
und der Tag begann

Heute ein Jahr später
bring ich dir wilde violette Anemonen
setze mich zu dir aufs Mäuerchen
und erzähle
ach
und weine
und könnte mich erschießen

Das Mohnfeld

16.3.10 Vecoli

Giovanna schenkt mir feuerrote Anemonen
und Narzissen
Als ich weine sagt sie bestürzt
Non volevo farla piangere

Das Mohnfeld
in der Bourgogne irgendwo
unser Picknick unser Lager auf der roten Decke
in einem weit vergangnen Sommer
nach der Anstrengung von *Ghetto*
auf dem Weg nach Vecoli

Zwischen den roten Blüten
tickte die Zeit nicht weiter
In unseren Armen blieb sie stehen

Ich liebte dich

17.3.10 Vecoli

Ich diente dir
ich opferte mich auf
so sahen es die anderen
Ich wollte mir
dein Leben dir
deine Kraft erhalten
und unser Glück verlängern
in die Ewigkeit hinein
so einfach war mein Wunsch

Im Flug

19.3.10 Vecoli

Ich schaue dich an
du schaust mich an
spielen wir Augenverhakeln
Wer zieht wen zu sich
Dir verfallen
fall ich gern zuerst

Jünger und jünger
durchfliege ich
dreißig Jahre
in deinem Blick
Ich schaue dich an
wie beim ersten Mal
offen

Verlagerungen

19.3.10 Vecoli

Mir im Kopf vermehrt
die eigne Welt wieder schaffen
das mindert meine Liebe
für dich nicht
Mir zutrauen dass ich es kann
denn noch bevölkerst du
besetzen wir
meine ganze Fantasie

Tier im Käfig
19.3.10 Vecoli

Ich gehe und gehe
hin und her im Haus
Die Hände
am Rücken
und weine
über verlorenen Reichtum
den Schatz
meines verlorenen Glücks

Unbeschwert
20.3.10 Vecoli

Was für ein Bild
welcher Zustand wär das

Was bin ich
20.3.10 Vecoli

Krank von Erinnerungen
krank vor Erinnerungen
heute setzte ich dir
den neuen Stein
auf dem nun steht
sogno di un teatro
che fa coraggio
und darunter ist Platz
für mich
Ich weiß jetzt
wo ich hingehöre

Frühlingsanfang

21.3.10 Vecoli

Es regnet auf deinen Stein
er nimmt den Ton
der neuen Aufschrift an
Nebel hüllt ihn ein
kleine Perlen waschen
die Arbeitsspuren des marmista
aus Montsagrati fort

Im Bad

22.3.10 Vecoli

Die Spuren deiner rechten Hand
zwischen dem Druck
vom Kapuzineraffen und vom Judenaffen
und Helnweins großem LULU-Plakat
ließen dich mit dem
Schock der Verzweiflung
in mir wieder aufleben
Ich sah dich stehen
und Wasser lassen
in Long Johns oder
mit nackten Beinen vorgebeugt

Oberhalb der Wanne
stütztest du dich
mit der Linken ab
und prüftest mit dem rechten Fuß
die Temperatur
Dann setzte ich mich zu dir
Wir sponnen
bis das Wasser dir zu kalt war

unsere Einfälle
und Blödeleien fort

Was tun

22.3.10 Vecoli

Wenn Wiedersehen
und Abschied
zusammenfallen
eins sind
und nichts sich daran ändert
keine Zeit das je aufhebt

Fantasie und Leben

22.3.10 Vecoli /
26.3.10 Meinekestraße

Was Fantasie was Aufführung
was einmal Leben war
ist Foto Stillstand
Menschen Löwen Adler und Rebhühner
Tschechows göttliche Zeilen
Da steht Rosel Zech
auf dem Gerüst die Arme weit
und verkündet eine neue Schöpfung
mit engelsgleicher Frechheit
Du warst es
der dies Gedicht
in Weiß
und ungeheuer weit oben
in Szene setzte
Jetzt geisterst auch du
durch diesen Raum

und diesen Bühnenraum der dir gehört
und der dir bleibt
Ich verteidige ihn
nicht nur für dich

Was sollen lose Sprüche
auf die Zukunft
was soll das ganze Weh
das der Tod mit einem Schuss
in unser Leben schoss
ich weiß nur dass es mich erfüllt

Ich liege auf der weißen Liege
auf der du zuletzt lagst
an deinem Tag im Mai
und seh das Foto an
und küsse es

Heute habe ich dir
ein kleines flaches Steinchen
auf den Stein gelegt
und wilde Kirschblüten zu den Rosen
und für die nächsten Wochen dir
Lebwohl gesagt
bis ich wiederkommen kann

22.3.10 Vecoli /
27.3.10 Meinekestraße

Ich wehre mich

Ich wehre mich dagegen
dass es jetzt ist wie es ist
bis auch ich wie du zuletzt
mich nicht mehr wehren kann

Meine Sehnsucht nach dir
könnte ich nur stillen
wenn ich dich in meinen Armen hielte

So vieles gingen wir nicht an
we did not tackle it
So viel blieb unerledigt
das jetzt ich soweit ichs denn kann
erledige

Ich höre Mahlers vierte Sinfonie
Abbado dirigiert
und fliege im Adagio
mit dem Riss der an dessen Ende
durch das Orchester geht
zu Boden
erst dann in den Raum
hier bist du
mir weggenommen worden

Wie oft hörten wir den Tod
die Stelle verband ich
als wir noch zusammen waren
nie mit uns
Jetzt wirft sie mich um
dass ich den letzten Satz
über die *himmlischen Freuden*
nicht hören kann
Ich drücke auf STOP
Ihr wolltet *Il Trovatore* in Wien
zusammen machen
mit Pavarotti
doch wechselte Abbado nach Berlin

wo du bei Mehta
dich nicht aufgehoben fühltest

Meine Sehnsucht ist im Adagio
auf dem Weg zu dir
hörbar der Raum
o wie er atmet

Ich träume

30.3.10 Meinekestraße

Ich träume von der Auferstehung
deines Fleisches
könnte Musik doch alle Mauern
die sichtbaren und unsichtbaren
zum Einsturz bringen
wie die Posaunen vor Jericho

Wäre ich ein Engel
könnte ich die Posaunen blasen
und das Zeitenende hinaustrompeten
in alle Himmelsgegenden

Von unsrer Wiedervereinigung
träume ich

Welch ein Fest
doch was stelltest du
an diesem Tag
mit einer Alten an
ich würde dich erschrecken

Schizophren

31.3.10 Meinekestraße

Noch kaum begreife ich
dass du nicht bei mir bist
schon trägt ein Platz in Bremen deinen Namen
Berlin Bochum Hamburg Ulm
sollen folgen
Ich helfe dabei
im Schwindel des Zeitigen
verrutschen mir die Beine
Aus dem Spagat erhebe ich mich nicht so leicht
In meinen Büchern erfand ich früher
Tod als Trick des Verschwindens
wenn ich für die Figur
nicht weiterwusste
sie mehr Leben beanspruchte
als ich bereit war
ihr auch an Zeit zu geben

Jetzt fürchte ich den Schritt
deinetwegen will ich Leben halten

Aufgelöst oder zersprungen

31.3.10 Meinekestraße

Was bin ich
wenn ich keinen Körper mehr habe
tot da ich mich nicht spüre
bin nur Stimme
oder Schweigen

Vecoli

1.4.10 Meinekestraße

Das Haus ist eine Hülle
aus deinen Armen und uns
und eine Hülle aus Tränen
bilde ich mir ein
das Haus sei mein Schutz
der Ort an dem ich
zur Ruhe fände
zu meinem Grund
wenn
An diesem Punkt
weiß ich nicht weiter

Die Spur

3.4.10 Meinekestraße

Aus Texten und Fotos
finde ich zurück
ich verliere die Spur
aus den fremden Blicken
auf dich
in unsere Blicke
unser Gespräch
und unsre Arme nicht
schlafwandelnd sicher
finde ich uns

Handgepäck

Ostern 2010 Meinekestraße

Seit meiner Kindheit habe ich
aus dem Koffer gelebt
der Koffer stand später oft unausgepackt

im Zimmer herum
Wir waren ständig unterwegs
lebten aus Koffern
oft verfluchte ich diese Existenz
Das Einpacken das Auspacken
das Umpacken das Weiter
und wieder weiter
jetzt lebe ich wieder aus dem Koffer
nur ohne dich
und weiß nicht
wo mich niederlassen

Frühlings Erwachen

4.4.10 Meinekestraße /
in memoriam Vecoli im März

Die Mimosen blühen
nachts schneit es noch
nur bleibt der Schnee nicht liegen
Graupeln fallen aus dem Himmel
die Bergkuppen in der Ferne
weiß

im Hof knospt die Kamelie
eine erste Blüte bricht auf
prall wie rote Lippen
eine Woche später blüht die Kirsche
blühn die Aprikosen
und der Pflaumenbaum
ein rosa weißer Traum

Meine Brüste küsstest du so gern
in dieser Zeit
ach du küsstest sie das ganze Jahr

so gern
und zärtlich

Nicht dass nun *Ostermontag 6.4.10*

Ein Tag wie der andere
geht oder kommt
oder kommt und geht
so ist es mitnichten
nur das Gefühl
sich in die Zeit zu fügen
wie alle sagen
nicht dass sie heilt
etwa tröstet
was sie auch sagen
das Gefühl
des Verstreichens
als würde ich
zusätzlich
die Zeit noch dehnen
das Gefühl
besiegt zu sein
unwiederbringlich
dem Fluss des Flusses
zustimmen
und loslassen

Was will ich beschwören
als wüsste ichs nicht
Sinn in der Sinnlosigkeit

Ich stehe am Fenster

7.4.10 Meinekestraße

Noch trifft die Sonne
gegenüber auf die Dachwohnungen
Ich schau zu den Vorhängen hinauf
vorgezogen gebündelt
niemand dort denke ich
Mich überfällt der Gedanke
dass was ich wahrnehme
du nicht aufnehmen
auch nicht mehr sehen kannst
der Gedanke schießt in mir auf
wie ein Dorn im Herzen
er macht mich ohnmächtig
rebellisch
stürzt mich in Tränen

War das nicht genug

10.4.10 Meinekestraße

Warum bin ich nicht als Note
auf die Welt gekommen
ich könnte sofort verschwinden
ich brauchte keinen Platz
Warum als Vogel nicht
doch auch ein Vogel hat
neben seinem Flug
ein Nest und einen Baum
all das hab ich nicht
geerdet nur bei Freunden

Mir verblasst mein Traum
Ich weiß nicht mehr

worüber ich mich freute
außer dass ich dich
in meinen Armen hielt

Ist das nicht genug

Du lächelst mich an *10.4.10 Meinekestraße*

Als stünden wir an einem unüberquerbaren Fluss
einander gegenüber
so schauen wir uns an
und an diesen Ufern stehen wir
ein wenig spöttisch lächelst du mich an

Erinnerst du dich an das junge Mädchen
das am Ende von *La dolce Vita*
an dem Fluss der ins Meer mündet
mit wehenden Haaren und lächelnd
Mastroianni zuwinkt

Unsicher was die Geste bedeute
erwidert er den Gruß
Auch zwischen ihnen
gab es keine Brücke
nur den Abendhimmel
nur das Schweigen
nur den Abschied
nur das Meer

Ich weine
weiß nicht
bin ich das Mädchen

bin ich Mastroianni
bin ich ich
bin ich du

Heute fiel mir ein

10.4.10 Meinekestraße

Einmal bin ich um die Welt geflogen
nach Australien Kanada Nicaragua
und in die USA
nur mit einem Zettel in der Hand
auf den du geschrieben hattest
wo ich dich am Ende meiner Reise
nach vier Monaten erreichen würde
In Mazzaforno
wo immer es in Sizilien läge
Mazzaforno war das mein Ziel
Es gab kein Telefon
nur die Beschreibung
von einem Haus am Meer
Welches Gottvertrauen bewog mich
welche Sicherheit
diesen Zettel zu hüten
der mich schließlich von Palermo
im Taxi zu dir brachte

Wohin

11.4.10 Meinekestraße

Es ist Frühling
und du bist nicht da
Ich gehe im Akademiegarten

auf unseren Spuren
Narzissen blühen weiß und gelb
mir fällt ihr gelbes Meer
im Holland Park ein
Du konntest dich nicht daran sattsehen
jeden Tag zog es dich auf die Wege
zu den gelben Hängen
dort warst du mit deiner Mutter schon gegangen
Jetzt geh ich unsre Wege
ohne dich

Flügel

13.4.10 Meinekestraße

Ich habe nicht mal Stümpfe
und an Tränen
kann sich niemand klammern
der in die Sonne will

War der Tod

13.4.10 Meinekestraße

War der Tod für dich
die letzte Befreiung
von deinen Schmerzen
die letzte Flucht
in eine letzte Freiheit

Wer beantwortet mir diese Fragen
da du es nicht mehr kannst

Wo soll ich jetzt wohnen

13.4.10 Meinekestraße

Aber ich will mein Leben ja gar nicht
oder noch nicht neu aufnehmen
ein roter Blitz hat es durchschnitten
geteilt zerbrochen
in nicht tot und tot
Wo soll das Nichttote anwachsen
und wo soll es will es
wer bestimmt darüber außer mir

Ich habe Glück in dieser Zeit
ich habe Freunde
und bei ihnen Bett und Zimmer
Sie schirmen mich ab
auch vor mir
nicht nur dafür liebe ich sie

Ich habe mich nicht leicht verliebt
von wenigen Fingern
zähle ich Lieben ab
doch dann kamst du
und mit dir mein Leben

Die Stolpersteine

20.4.10 Meinekestraße

Immer blieb ich stehen
und las in jeder Stadt die Namen
Als auch du gegangen warst
wollte ich von diesen Toten nichts mehr wissen
und ging vorüber
bis jemand sagte

schau hier
mein Vater
meine Mutter

Rituale

20.4.10 Meinekestraße

Wenn Unruhe mich ins Freie treibt
gehe ich außerhalb des Zoos
den Landwehrkanal entlang
Hinter dem Zaun ist das Gehege der Hyänen
Sie trotten und trotten
und trotten im Kreis
als schütze er sie
gegen die Welt
dabei führt er dazu
dass sie rammdösig werden

Voraus die Stelle an der Wüstlinge
Soldaten und Offiziere
der Garde-Kavallerie-Schützen-Division
die misshandelte
tödlich verwundete
oder tote Rosa Luxemburg
am 15. Januar 1919
nachts
ins Wasser warfen
Bei jedem Spaziergang gehe ich
an der Stelle vorbei

Linde Frühlingsboten
Wildkirschen und Weiden blühen
die Stare sind zurück

Wie ihr Gefieder in der Sonne glänzt
Nie in dieser Aufbruchszeit war ich
so traurig
das erste Frühjahr ohne dich

Wir hatten unsre Wege in Berlin
zu denen wir im Auto fuhren
tags im Englischen Garten
zwischen der Akademie der Künste
und der Bismarckstatue bei der Siegessäule
und abends an der Havel unter den Laternen
in vielen Jahren jeden Tag

Täglicher Gruß

21.4.10 Meinekestraße

Küsse auf Küsse auf meinen Bildschirm
Lippen auf Lippen auf deinen Mund

22.4.10 Meinekestraße

Wie soll ich
mich zusammenflicken

Aus zwei Personen
ein Ich kleben
du warst mein Herz
und ich war deins

Liebe *24.4.10 Meinekestraße*

Wenn es nicht mehr die Augen sind
nicht mehr die Hände
nicht mehr der Körper
nicht mehr die Haut sein kann
die spüren und mit dir schlafen will
und doch die Sehnsucht
nach Umarmung bliebe
die die Trennung überbrücken will
übernähmen Tränen
hälfe Musik
die Leere fortzudrängen
So höre ich wieder und wieder
Beethovens Sonate op. 24
sehe in deine Augen
und gehe wieder auf dich zu
Arme weit
wie in unseren Jahren
und das Adagio aus Brahms' 2. Sinfonie

Was soll ich tun *30.4.10 Meinekestraße*
in deiner Nacht

Mir Bild für Bild in Erinnerung rufen
wie ich den elend langen Flur
der Intensivstation hinunterrannte
Ich hatte schon das Taxi
durch die Stadt gejagt
zu dir zu dir zu dir
schneller schneller schneller

Zu spät gerufen
Unwillkürlich steigen andere Bilder auf
auch augenblicklich gehst du mir
aus meinen Worten über in Musik
das Andante aus Mahlers 6. Sinfonie
vielleicht ist es das was Mahler wollte
sich in Musik auflösen
nach dem Tod
und nicht in Glauben
Vielleicht hörtest du Musik
als ich bei dir saß
und deinen Mund und deine Hände küsste
Du ruhtest so in dir
als trüg dich unser Engel
Was soll ich tun in unsrer Nacht
ich vertrau dem Engel nicht

Du hast mich die Sehnsucht gelehrt *2.5.10 Meinekestraße*

Oder die Liebe
neugierig war ich und frech
Die Ruhe hab ich dir gebracht
du gabst sie mir erst viel später und
nun in diesem menschennichtmöglichen Land
wo finde ich dich
meine Liebe
Ich habe deinen Körper zerstört
Ich habe dich verbrennen lassen
damit du bei mir bliebst
begreife das doch einer!

Schauspielerin

6.5.10 Meinekestraße

Ich nehme die Post entgegen
freundlich aus der Hand der Nachbarin
dann schließe ich die Wohnungstür
und bin wieder da
und höre weiter Fournier Kempff
und uns zu
und bin bei uns
und weine

Bis zu diesem Riss

7.5.10 Meinekestraße

Ich sollte meiner Mutter vielleicht doch danken
dass sie mich geboren hat
weil ich dich traf
und du mich
so voll mit Liebe pumptest
und ich dir diese Liebe so zurückgegeben habe
dass sie sich nie erschöpfte
sich nur erneuerte
bis zu diesem Riss
in dieser letzten Nacht

Noch immer möchte ich
unser Leben festhalten
mein Liebe Liebe Liebeling

Du und ich

7.5.10 Meinekestraße

Ich habe deinen Körper zerstört
so nur durftest du bei mir bleiben
Ich sehe Fotos von dir an
umarme noch immer deinen Körper
umarme noch immer dich
dich

Ich rechne

17.4./13.5.10 Meinekestraße

Leben zu zweit befeuert
jetzt entdecke ich in meinem Gesicht
auch Zukunftsfalten
die durch Tränen wachsen
Ich hielt dich jung
und kann mich jung nicht halten
Noch immer befrage ich Ärzte
Ist monoklonale Gammopathie
zu behandeln
Jahre vor ihrem tödlichen Ausgang
nur unter Bedingungen
die dein Herz und andere
beschädigte Organe nicht erfüllten
du hättest eine Chemotherapie
nicht überstanden
nichts ist versäumt worden
versichert mir ein Freund zum wiederholten Mal
Ich gebe nun Ruhe
Ich füge mich nun

Himmelszelt

13.5.10 Meinekestraße

Zufällig schlage ich im Lexikon die Seite auf
auf der linker Hand *welkin* steht
obs (poet) Himmelszelt *n*
und schon bin ich bei Shakespeare
bin bei *Antonius und Cleopatra*
bei uns bei dir
Wo soll ich überall noch
Abschied von uns nehmen

Dreißig Jahre

19.5.10 Vecoli

Dreißig Jahre haben wir deinen Geburtstag
zusammen gefeiert
im Großen oder Kleinen
nie als einen ersten Tag
in deinem oder meinem Leben ohne dich
Ich lade dieses Mal niemanden ein
Ich küsse nur deinen Stein

Ein Wind

25.5.10 Meinekestraße

Ein Wind geht durch die Wohnung
auf seinen Rücken setz ich mich
und tauche in die Zeit zurück
und feiere dein Geburtstagsfest
dich glücklich
im vergangenen Jahr

Ich hörte dich Liebling rufen
fuhr aus meinem Tagtraum auf
Bei dir bin ich halte dich
hab keine Angst rief ich
ich halte dich
wie ich dich immer hielt

Oder riefst du
aus der Nichtmenschenwelt
Dort habe ich noch keine Hand
du musst sie mir erwirken

Ein Kuss

27.5.10 Meinekestraße

Ich komme aus dem Berliner Ensemble zurück
Strahlender Untergang
Nachrichten aus der Wüste
von Christoph Ransmayr
mit Hermann Beil
der spröden Einübung ins Verschwinden
der widerstandslosen Erwartung des Nichts
war ich aufmerksam gefolgt

In der S-Bahn saß ein russisches Paar
mir gegenüber Touristenkids
sie küssten sich sie filmten sich
sie trug Ballerinas
er dicke weiße Michelinsocken in Sandalen
sie schulterlanges Rauschgoldengelhaar
er das rote Käppi des FC Bayern München
Ihr Kuss verband uns wehmütig sah ich zu

Der Riss durch das Universum meines Gedächtnisses *26.5.10 Meinekestraße*

Ich sehe dich auf so vielen Fotos an
unser Leben lebt darin auf
und zugleich erblicke ich das Nichts

Dieser Gedanke
und meine Erinnerung
they shall never match

Wie ein Stier *29.5.10 Meinekestraße*

Dem die Haut gerissen ist
möchte ich meine Sehnsucht
und meinen Verlust
in die Welt hinausbrüllen

Sehnsucht *29./30.5.10 Meinekestraße*

Höre ich die Hammerklaviersonate
dir habe ich sie so oft mit Solomon
bei unseren Konzerten vorgespielt
taucht immer wieder Christoph
am Sierhagener Steinway auf
Er studierte die Sonate damals
und verliebt folgte ich seinem Spiel
der Ausführung wenn er unterbrach
und mir den Bau der Sonate
auch Bau der Fuge

im letzten Satz erklärte
Danach begann er das Spiel erneut
und himmelte ich wieder
ein Verb das ich seitdem unverbrüchlich
mit Beethovens Klaviermusik verbinde

Tönen die aus dem All tropfen

Ich verbinde euch
ihr gehört in einen Kreis
wahlverwandt in meinem Leben
du wusstest es immer
mag es wehmütig klingen

Er die große währende Kinderliebe
du die Liebe meines Lebens
gehen Hand in Hand

Heut Nacht

30.5.10 Meinekestraße

Zehn Monde her
blieb dein Herz stehen
meins auch
ich brülle meine Sehnsucht nach dir
in die Welt hinaus

Auch II

3.6.10 Meinekestraße

Ich wollte den Rest
auch meines Lebens

mit dir verbringen
So müde bin ich
lege den Kopf auf den Tisch
und so schlafe ich ein
Mit Arbeit habe ich mich selbst ermüdet
niemand fängt mich mehr auf

Auch III

3.6.10 Meinekestraße

Vom ersten Augenblick an
blieb ich bei dir
dass ich eines Tags ohne dich sei
schloss mein Blick aus
denn er meinte mein Immer

Sommer

5.6.10 Vecoli

Heute erst am 5. Juni ist es mittags warm
ein leichter Wind geht durch die Bäume
die Sonne scheint
wie du es mochtest
temperiert
wie ich es mag
und wie es Shakespeare
als den Zustand der Gelöstheit
der Harmonie gepriesen hat
nur du bist nicht da
in der Früh wusste ich nicht
ziehe ich den Wollpullover an
oder ein kurzärmeliges T-Shirt

Wir haben so wunderbare Sommer
in diesem Land erlebt
laue Sommer anfangs
Sonnenblumensommer
auf der Fahrt nach Volterra
Sonnenblumensommer
vor Montalcino
heiße Sommer in Punta Ala
am Meer in dem du schwammst
und später noch
die sizilianischen Sommer
in Castellamara del Golfo

Wir hatten so wunderbare Sommer in Vecoli
wir hatten so wunderbare Sommer in Gümse
an der Elbe in unseren *Midsummernight Dreams*
wo wir auf dem Moos
der heißen Kiefernwälder spazieren gingen
Wohin mit der Sehnsucht
wohin mit dem Heimweh
Die Rapsfelder sehe ich
rechts und links der Straße
auf unseren Fahrten durch Ostholstein
Deine Lieblingsfelder
Deine Lieblingsfarbe
Mein Lieblingshonig

Das nun von Tag zu Tag
und Nacht zu Nacht
und wie lange noch

Wäre es immer so warm gewesen
hätten wir während des Winters
nie nach Nizza gewollt

Über das Wetter hat bislang
niemand bestimmen können
Dermaleinst vielleicht
wenn auch ich längst nicht mehr bin
Gott sei Dank sage ich
oder wem auch immer Dank gebührt

Es war das Licht

7.6.10 Düsseldorf

Das Bild des Todes ist der Stillstand
weder Tod noch Stillstand
mochtest du dir denken
Das Bild des Todes ist das Bild der Wüste
deshalb liebte ich das Meer
Ich zog dich an das Meer
Dich zog es in die Berge
Zögernd folgte ich hinauf

Der erste Sommer ohne dich

14.6./2.7.10 Vecoli

Ben tornata sagen sie
ben trovata sage ich
ich bin zurück
so still und aufgeräumt ist es im Haus
Blumen machen kein Geräusch

Kein Parkett gibt es im Haus
das wie in Rolands Wohnung ständig knarzen würde
Nur einen Stolperstein im Flur
doch kennt er den seit Jahren

Nicht einmal Katzen sagt er
die ich kenne sage ich seine Wiener Katzen
Swiffer Seine langhaarig weiße Fürstlichkeit
ungarischer Herkunft und die beiden Grauen
die abfällig Stallkatzen genannt werden
und noch Triebe haben
Sie nehmen Luftbäder im Küchenfenster
die Eingeschlossenen
ja nicht einmal sie gibt es in diesem großen Haus

Ich erfülle das Haus mit Musik
Ich spiele uns die Frühlingssonate
mit Kempff und Menuhin
und Beethovens oder Tschaikowskis Geigenkonzert
die frühen Aufnahmen
vor Hubermans Flugzeugunglück über Sumatra
als würde ich dir jetzt
deiner Welt jetzt
zum ersten Mal wieder zuhören
und nicht nur meiner Welt
dem Klavier
deiner viel luftigeren Welt zuhören
Sollte sie darum den Papillons
und dem Theater viel näher sein

Ich bringe meine Unordnung
und meine Ungeordnetheit
in dieses Haus

Der Flug

21.6.10 (Swiss Air Florenz/Zürich)

Auf dem Grund der Augen
Bellinzona im Rückblick

ehe die Stadt von Tränen geschwemmt
in den Wolken vergeht
Dort unten
in den St. Bernardo einfahrend
sind wir unterwegs zu *Major Barbara*
Zürich transit
als Hoffnung und Kondukt

Katasteramt

23.6.10 Vecoli

Heute kommt der Geometer
mit den Gehilfen
den Geräten und dem Metermaß
um Haus und Garten zu vermessen
und auch dein Grab
das Fleckchen Erde
das uns für uns bleibt

Es hat sich nichts geändert
an Haus und Grund
durch deinen Tod
Nur für mich
hat sich die Welt weitergedreht

doch wozu Messungen
glaubt denn da jemand
in Lucca im Katasteramt
du hättest die Hälfte unseres Hauses
und ein Stück vom Garten
da es mir nun allein gehört
mit in dein Grab genommen
Du hast viel mehr

jedoch ganz anderes
mit dir fortgerissen

Nun ist es so *25.6.10 Vecoli*

Ich gehe dich besuchen
bringe dir Blumen
sitze auf dem Mäuerchen
schweige oder erzähle dir
dass ich in Wien und Zürich war
mit unsern *Wanderjahren*
dein Foto groß
jeweils ein anderes
über der Bühne steht
wenn wir lesen
weißt du was ich treibe
Was erzähl ich dir
dass die Hunde mich begleiten
es ist wie ich es mir niemals wünschte
bis zu meinem letzten Herzschlag
oder Atemzug

Ich habe den Schlüssel nicht *26.6.10 Vecoli*

Für ein neues Leben nicht
Welches Schloss soll ich öffnen
das so erfüllt wär
wie das Leben mit dir

Deine Augen

28.6.10 Vecoli

Ich gucke auf dem Cover
unserer *Wanderjahre*
in dein rechtes Auge
gesehen von mir aus
Das linke
von der Harpune getroffen
ist ja kaputt
Das gesunde Auge
es lächelt mich an zwinkert und fragt
neugierig misstrauisch entzieht sich und prüft
ein Leugner ein Lügner ein Luchs
erzieht und bedroht kritisiert
liebt mich schmelzend und schnell
Die Pupille sie weitet sich schwärzer
und fällt in mich befeuernd bestürmend
lockt weiter
Dein Blick war es der mich aufriss
es waren deine Augen in die ich fiel
wie in einen strömend tiefen Teich
Auch den Teich meiner Kindheit
den ich bis heute nicht ausgeschöpft
nicht ausgetrunken habe
ich fülle ihn auf mit neuen Erkundungen
immer wieder mit den Tränen um dich

Die Zeit kann sich breitmachen

29.6.10 Vecoli

Immer noch begreif ich nicht
dass sich so viel Zeit schon hat
zwischen uns legen können

Stell dir vor
in unser Bett
Wer hindert sie

Hätt ich die Macht
ich mordete sie

Die Bahn wird breiter länger
sie treibt mir Tränen in die Augen

Elf Monate lang habe ich
dich nicht gespürt geküsst im Arm gehalten
gestützt bekocht beschützt

Ich habe dich in Vecoli begraben
bei mir
am schönsten kleinsten Platz des Friedens
doch was hilft mir das

Nun sitze ich im Haus an deinem Tisch
schaue auf das Selbstbildnis deines Vaters
das er nach dem Tod deiner Mutter malte
und auf das Foto das uns zeigt
umarmt in einem Bett
von dem ich nicht mehr weiß
in welcher Wohnung es gestanden hat
Vielleicht in der Rue du Dragon
Die große beige Decke
in die ich eingepackt bin
sieht nach dem großen Kaufhaus
an der Place Deville aus
Ecke Rue du Cherche Midi
ich glaube dass ich sie dort kaufte
und durch die Straßen

zu unserer kleinen Wohnung trug

Ach oder gut
auf dem Foto
träumen wir glücklich

Weißt du von was
Vielleicht nur vom Augenblick

Die volle Hand

2.7.10 Vecoli

Ich fand heute die ersten Walderdbeeren
an der Straße
die am Pferdehof vorbeiführt
dem Spazierweg den wir
ich weiß nicht wie oft gingen
Es waren nur zwei Beeren
früher reichte ich dir noch
die volle Hand
So viele Bilder tauchten dabei auf
unwillkürlich
auch von anderen Rainen
in Wäldern und an anderen Wegen
Überall sah ich mich pflücken

Mir hilft es nicht
dass ich die Augen schließe
die nur noch Schlitze sind
vom vielen Weinen
Auch hinter ihren Lidern
lebt die Liebe
sie will ans Licht

und in die ausgestreckte Hand
die ich dir reich

Vor einem Jahr

18.7.10 Dörnick

Jetzt erst schaue ich zurück
und weiß doch nicht
was ich dieser neuen Einsicht
abgewinnen soll

Der Blick weist meine wilde Hoffnung
vor einem Jahr
in die Schranken verzweifelter Revolte

Du kämpftest und als du nicht mehr kämpfen konntest
und auch kein Arzt mehr half
wollte ich deinen Tod besiegen

Was davon habe ich bewirkt
Was habe ich geschafft

My love

20.7.10 Vecoli

Statt dass ich dich
mein Bettgenosse
im Arm halte
und wir uns lieben
liegt auf deiner Seite unsrer Wiese nun
was meinen Kopf beschäftigt
die Zeitung Bücher Briefe Lexika
mein Schreibblock

Our Song

23.7.10 Vecoli

Der zweite Satz der Frühlingssonate
ist our song
immer wieder lege ich ihn auf
Ich halte den Player an
beginne den Satz erneut
und wiege mich mit dir
Wir halten uns umschlungen
so ist es forever
wie vor einem Jahr als ich dich
an deinem Geburtstag
in meinen Armen hielt
Solange ich lebe ist das Adagio
in unsere Liebe verwoben

Bei meiner Kremierung soll mans spielen
so wie ich dir *Images* und *Children's Corner*
mit Michelangeli spielen ließ
bis ich dann wild erschrocken dachte
Herrgott was tue ich
du gehst bei unserer Lieblingsmusik
in Rauch und Asche auf

Was mir der Tod erzählt

19.8.10 Luzern, nach Mahlers
9. Sinfonie / 22.8.10 Vecoli

Wiedersehen
                    hören
wieder fühlen
                    küssen
wie zum ersten Mal

Ich habe niemanden so geliebt wie dich
um niemanden so gekämpft wie um dich
und sehne mich nach niemandem so wie dir
Wie ich mich um uns verzehre
In Träumen fliege ich zu dir

Du warst mein Leben
ein schwieriges Zuhause
und ich war deins

Wie singe ich das *Lob der Vergänglichkeit*
das große, herrliche Lied vom Nimmerwiedersehen
wie könnte ich *die Zeit heiligen*

In die Transzendenz folge ich dir
sehr langsam und noch zurückhaltend
in die Wildnis
und in ihren Schmerz
meinen Schmerz
und in die Weite
Auflösung
hinaus ins All
hinaus ins Licht
das ich in der Musik gesehen habe
Dieses ewige Hinaus
es tröstet mich nicht

Das Teufelsjahr *30.8.10 Vecoli*

Heute jährt sich das Jahr der dreizehn Monde
das Teufelsjahr
ich habe kein Gefühl für diese Zeit

Sie zerrinnt ohne dich
Was ich tue tue ich

Vito Fiona und ein alter Spaniel
schlossen sich mir an
und zum ersten Mal folgte
selbst der junge graue Kater
als ich dich besuchte

Vito trank aus meiner Hand
vom Wasser für die Rosen

Der Kater sprang auf die Marmorstele
des Conte neben deinem Grab
er krönte sie im Sonnenuntergang
mit seiner Silhouette

Das Meer war hoch
In den Hügelschnitten lag es dunkel

Unser Kondukt für dich
ägyptisch
alttestamentarisch

Vecoli II

10.9.10

Ich ziehe den Blick zurück
lasse die Bilderflut nicht rein
in mich
doch hilft es nicht
Ich gehe mit dir den Weg
Ich stehe mit dir unter dem Kirschbaum
diesmal bin ich mit den Hunden gekommen

Sie fressen Gras
Sie laufen voraus
Sie folgen mir

Ich gehe den Arm um dich gelegt
mit dir
zurück

Vecoli III

13.9.10

Ich habe mich neben dich gelegt
solang ich konnte
Ich lag neben dir
solang ich durfte
Ich tät es jetzt
Ich werde es einst tun

Der Wunsch des Beieinanderbleibens
ist eine Fantasie
die wie ein Fluss ist
umarmt in Ewigkeit
wie dein Kuss
Ich unterschreibe diese Utopie
und lege mich zu dir
unter deine gelben weißen roten Rosen

Wir beiden

14.9.10 Vecoli

Die sich fügte
wenn es dazu kam
auch durch dich
war immer ich

nun hast dus getan
nun hast dus gemusst

Vecoli IV

15.9.10 Vecoli

Ich werde Vecoli ab jetzt
allein verlassen
Mir war es klar
als ich mit den Hunden
zum Kirschbaum ging

Handgepäck packe ich für mich
plus Fluggepäck zehn Kilogramm
Was ist das schon
im Vergleich zu unseren Umzügen

Warum kann ich mich nicht halten
Ich sollte alt genug auch dafür sein

Und wenn ich jetzt einschliefe

15.9.10 Vecoli

Und nicht wieder erwachte
vielleicht wäre es das Schönste
sagte mir dein Arzt
So war es bei dir
So löste ich mich vom Leben wie du

Doch du hattest Angst
nicht wieder zu erwachen

Manchmal erschlägt mich *16.9.10 Vecoli*
unser Leben

Mit seinem Gewicht
und seiner Zeit
gerade jetzt
Ich kann nicht mehr
Ich kann nicht mehr weiter
Ich möchte die Zeit anhalten
ihr zurufen steh und lass mich
lass mich ins Freie
ich will mich besinnen
jemandes Hand halten
und durchatmen

Ich bin so müde *25.9.10 Meinekestraße*

Ich lege den Kopf auf den Tisch
doch schlafe ich nicht
Ich betäube mich mit Arbeit
Ich verliere mich in der Arbeit
auf der Suche
wonach
Die Zeit will ich totschlagen

Wo sind die Worte
wo die Widerworte
Wo sind deine Arme
wo meine Arme
wo deine Küsse
wo die meinen
Wir sind so viel gereist

wir haben uns die Welt
für uns kreiert

Es ist jetzt vier Uhr in der Nacht
Jetzt reise ich allein
Du machst mich schlaflos

Gott sei Dank

26.9.10 Zürich

Manchmal denke ich
ich sehe dich nicht mehr

Wenn andere von dir erzählen
kritisieren sie verzerren sie
verkürzen und entstellen sie
haben ein Bild
und ich höre zu
Ich habe ein Leben
mein Leben mit dir
und aus dem Kopf purzeln unsere Bilder
nur so
als würden sie endlos geschüttelt

Sollen sie reden
die da
deren Geschäft das Schlachten ist
Ich behalte dich

Zweideutige Zeit

1.10.10 Zürich

Ohne mein Zutun
nimmt mich die Zeit weiter
Du trittst in das Zimmer
Uns trug sie
du stehst auf dem Waldweg
ich sehe uns gehen
auf unsere täglichen Abenteuer aus
unter Bäumen am Meer

Die Kastanienstämme
in der Garfagnana sind glatt
ihre Wurzeln suchen mich
Shakespeares Wesen und
Rackhams Geister umflügeln uns

Mich nimmt die Zeit
in ihre Sackgasse weiter

Am Meer stehst du vor mir
trittst mir in den Weg
Wäre es so
dankte ichs der Zeit
die ich doch erschlagen habe

Zürich

5.10.10 Zürich

Die Erinnerungen
kommen in Rudeln

Ich halte still
der See überfällt mich

sein Licht
und das Gelb des Ginkgo Biloba
vor kurzsilbrigen Wellen
Ich sehe am Boden
die Zwölf oder Dreizehn im Taxusgeviert

Ich warf die Münze in die Parkuhr ein
und half dir aus dem Auto
in *our secret garden* am See

War das flammende Gelb
des Biloba nicht atemnehmend
unsere Zukunft in der wir redeten
und gingen wir dort
nicht jedes Mal weiter in sie hinein
Ach, was frage ich dich das

Ich schlucke die kalte Luft
bis ich nur noch dich halte
dieses Weiß mit dir
das nie gesehene Licht
überm See

Mit dir in der Seele

16.10.10 Wien, Lenaugasse

Ich schlendere mit dir in der Seele durch Wien
ist schlendern das treffende Wort
ich fühle mich nicht schlendern
Ich gehe
Wir gehen
so viel so lang so gleichzeitig so immer
wie wir nie gegangen sind
an der Wohnung in der Singer Straße

unserer ersten Wiener Wohnung
der Nibelungen
der Walfisch
der Wickenburggasse vorbei
Ich kaufe Seeteufel bei Meinl am Graben
Lachskaviar Himbeeren und deinen Kaffee
Aus jeder Gasse jeder Straße weht mir
ein anderer Wind entgegen
und dreh ich mich
weht er aus anderer Richtung
Nur wir zwei fahren nicht Karussell

Wir sitzen bei Oswald & Kalb
wir sitzen im Plachutta
wir sitzen im Café Schwarzenberg
wir sitzen im Café Diglas
am Fleischmarkt vor der Wohnung
für *Die Nacht des Leguans*
Wir sitzen in der Kantine des Akademietheaters
wir sitzen im Alten Jägerhaus
wir feiern im Café Imperial
wir feiern im Café Prückl
wir feiern im Bräunerhof
deine Premieren
Ich laufe wie die Spinne durch unser Gespinst
auf unseren enger und enger geknüpften Fäden
luftig tastend glücklich weh umarmt

Du kommst mir entgegen
du bist da
der Triumph
welch Gewissheit
ich lauf auf dich zu
ich bin da

Mit der Tramlinie 2 fuhr ich heute
zum Schwarzenbergplatz
stieg dort um und nahm am Rennweg
den Bus A77 bis zum Lusthaus im Prater
eine nie gekannte Strecke
aber das wollte ich
Unseren Weg über den Praterstern
zur Donau im Auto weiß ich im Schlaf
Ich wollte den Bruch
Ich wollte die Bilder der Erinnerung brechen
sie mitnehmend zugleich umgehen

Ich parkte den Wagen
wenn wir spazieren gingen
vorm Alten Jägerhaus
am Rand des Kreisels
in dessen Mitte das Lusthaus steht

Wir gingen fast jede Nacht
wenn du am Burgtheater inszeniertest
oder am Akademietheater inszeniertest
falls wir nicht an der Alten Donau gingen
die Hauptallee entlang
unter zweireihig gepflanzten Kastanien
in den Baumreihen bei klarer Sicht
im Nebel auf dem Fahrweg
aber immer rechter Hand
manisch
nur wir
wir zwei
im schmutzig grellen Lichtwurf der Laternen

Bei Tag fiel mir ganz anderes auf
die Kastanien trugen Nummern

Ab dem Jäger- oder Lusthaus
von 2500 rückzählend
bis zum Würstlprater
so ging ich am Stamm 2497 und 2484
und dem Stamm 2473 vorüber
und den Countdown weiter
Sie waren krank
von der Miniermotte befallen
ein Wort das ich neben dir im Bett
im Jüdischen Krankenhaus erst lernte

Ich ging die Hauptallee
unter der Eisenbahnbrücke
unter der Autobahnbrücke
bis zur Kaiserallee weiter
so weit wie wir nie gegangen sind
spätestens nach der Autobahnbrücke
kehrtest du um und hattest
genug vom Gehen
und der Dunkelheit

Im Raum der Allee verloren
die kilometerweit geradeaus verläuft
verloren in entgrenzter Zeit
weinte ich Verlornem nach
ging bis ich abbrach
Reiter und Jogger neben mir
eine Frau die mit einer Krähe sprach
I hab nix für di i hab nix
vorgebeugt dort auf der Wiese
I hab auch nix sagte ich zur Krähe
und zu dir i hab nix
außer unstillbarer Sehnsucht

Dürnstein

17.10.10 Wien, Lenaugasse

Ich trau mich nicht nach Dürnstein
ins Schlosshotel
in unser Zimmer 21
auf die Donauschleife
in *Images* und *Children's Corner*
und deine Arme dort

Ich trau mich nicht in unsern Apfelgarten
in dem uns niemand fand
Der Tod vertrieb uns aus dem Paradies
ich trau mich nicht allein dorthin

Sparsam

18.10.10 Wien, Lenaugasse

Ich bin sparsam mit mir
weil ich behalten will
was du noch kanntest
und mir schenktest
Von dir getrennt
will ich mich nicht mehr trennen

So lief ich im Regen
mit dem Loch im Schuh
durch Wien

Ich holte mir die nächste Sinusitis
egal dein Wort
Es gibt Ärzte
und es gibt Antibiotika

Ich werfe das Paar nicht weg
in unsern letzten Jahren
trug ich es jeden Tag

Es trug mich durch die Zeit der Krankenhäuser
Es trug mich durch die Zeit danach
Es trug mich durch Hamburg und durch Lucca
durch Zürich und Berlin
Es trug mich täglich in Vecoli zu dir hinauf
mit seinen runden Kuppen
trug es mich

Du schläfst *30.10.10 Zürich*

Und schläfst doch nicht
Ich schlafe nicht
Du bist um mich
und nicht um mich
du bist in mir
und nicht in mir
Wie find ich dich

Die Uhr schlägt drei
du schläfst
und schläfst doch nicht
so geistern wir
seit vierzehn Monden umeinander
Ich knie dich an
in dieser Nacht
du kniest mich an
wie in Schwabing damals
auf der Straße

als ich dir kniend
auf dem Asphalt
dein Schuhband band

Die Uhr schlägt vier
schlägt fünf
schlägt sechs
ich schlafe nicht
ich nehme dich mit
in meinen neuen Tag

Lass uns gehen

28.10.10 Meinekestraße

Der zweite Herbst allein
lass uns gehen
am Landwehrkanal denke ich an Engel
wie sie sich John Locke dachte
Sie erkannten Maria
von früh an
auf allen Bildern
allein
und in der Schar
Sie erkannten Christus
sie erkannten Petrus
sie erkannten die Heiligen
sie sahen sie an
und feierten sie

Ich dachte nicht an dich
was hättest du auch mit Engeln zu tun
außer dem einen der unser Schutzengel war
Ich dachte an fliegende Wesen

die um uns sind
daran wie ich dich erkennen könnte
außerhalb meiner Wünsche
im Traum

Die Bäume trugen unsere Farben
gefallene Blätter in der Mitte des Wassers
trieben dem Fall zu
Er verschlang sie müheloser
als Rosmer und Rebecca

den Gleichsprung
jenseits der Fantasie
verwehrten wir uns

Zurück bei den Freunden
freute es mich
dass noch immer Post für dich kam
Die *musica viva* lädt dich
zum nächsten Konzert
das *Ensemble Resonanz* werde spielen

Gehen wir zusammen
ich fasse dich bei der Hand

Könntest du den Vorhang teilen
und rufen hier bin ich
zurück
um wen trauerst du nur

Ich betrinke mich

29./30.10.10 Meinekestraße

mit Hirseschnaps aus China
das Loch zu überstehen
das sich in den frühen Stunden
des Dreißigsten eines jeden Monats vor mir auftut

Ich peitschte das Taxi und rannte allein
ging in diese Nacht zurück
die Feder auf der Flut
wie in Shakespeares Bildern
nach rechts nach links
wohin der Flaum schwamm
auf der Flut nicht weiter

Dein Herz stand still
Es war vollbracht

Handgepäck

21.6.10 Vecoli /
4.11.10 Meinekestraße

Das Gepäck passt in die Jutetasche
die dir Norma zur Premiere
von *Antonius und Cleopatra* schenkte
eh sie wieder in Australiens Busch verschwand
deine Probentasche lange Zeit

Ich bin so unbegabt im Fliegen
so unbewandert
Seit zwanzig Jahren war ich
nicht mehr in der Luft
Du hattest Angst
ich könnte runterfallen

Erinnern ist Vergessen heißt es

8.11.10 Meinekestraße

Was will ich erinnern
jetzt wo ich mich frage
hab ichs schon vergessen

Ich will mit dir leben
wie seit dreißig Jahren
will mich an uns erinnern
wie kompliziert die Sprache baut

Erinnern heißt nicht vergessen
es heißt rücken

Blankensee

10.11.10 Meinekestraße

Aufgeben Aufgeben
selbst den Blick über den See
das gleißende Silber
inmitten der Teichhühner
hinüber zum Hang
unserer Sonnenbäder
unserer Picknicks
unserer Träumereien
und Zeitlosigkeiten
Abschied Abschied
Nein
Niemals Nein

Ich fürchte mich vor Schlangen

10.11.10 Meinekestraße

Da sie das Symbol
der Unendlichkeit
und des Ewigen sind
will ich mich mit ihnen befreunden
will ich denken ich läge
in der Unendlichkeit
in deinem Arm
und du in meinem

Jetzt

11.11.10 Meinekestraße

Da es so früh dunkel wird
warte ich umso sehnlicher
dass du von der Probe heimkommst
ich deinen Mantel nehme
dir die Schuh ausziehe
und die genoppten Socken
über deine Socken stülpe
dir eine Kleinigkeit zu essen mache
während du im roten Sessel sitzt
und wir einander erzählen
und wir danach zusammen ruhen
und wir danach spazieren gehen
ganz nach deiner Kraft
und wir Musik zusammen hören
dass du zur Ruhe kommst
und schlafen kannst
da es den Morgen gibt
den Morgen eines jeden Morgens
und die Probe

Am Blankensee

15.11.10 Meinekestraße

Mit dir stand ich nicht am Blankensee
Bärbel stand neben mir
wir schauten über den silbrigen See
und über die vielen Teichhühner
die als schwarze Punkte auf den Wellen saßen
hinüber zum jenseitigen Ufer
ins Gegenlicht
zu uns
dem Ufer von dem Bärbel nichts wusste
Ich zeigte es ihr mit den Händen
beschwor es mit Worten
die sich in Gedichten wiederfinden
beschrieb ihr unsere Picknicks
unsere Spaziergänge
unsere Sonnengelage
unsere Hans-Guck-in-die-Luft-Ewigkeit dort
in der wir dem Flug der Vögel folgten
unser Glück in der Zeitlosigkeit
dass das Spielen zugleich ein Auftanken
und Energiespeichern war
für die kommende Woche der Arbeit
Ich wusste nicht genau wohin ich blickte
als Bärbel neben mir stand
obwohl ich die Silhouette der Fichten
gestochen klar sah
vor die wir das Auto gestellt hatten
ehe wir unseren Spaziergang begannen
Die Fichten vor denen ich das Plaid
für das Picknick ausbreitete

Ich sah dir in die Augen
Ich sah mir in die Augen

Ich sah uns die Lust aneinander
und des Versteckes genießen
Ich spürte die Ruhe wieder
die uns überfiel das Glücksgefühl
nicht auffindbar zu sein
abhanden abhanden abhanden

Ich weiß den Weg in das Wäldchen
es ist ein schäbiges Wäldchen
Ich weiß wo zwischen den mickrigen Fichten
ein Ahorn jung und krumm am Weg wächst
und wo der Weg dort endet
Ich sehe die Schafe vor dem Wäldchen weiden
ich sehe die Drähte ihrer Umzäunung
und gehe mit dir
Ich gehe dort immer wieder mit dir

in einer Landschaft liebesdurchtränkt
zu einer Sehnsuchtslandschaft geworden

Wozu

16.11.10 Meinekestraße

Ich sitze am Esstisch
und werfe hie und da Fragen ein
provoziere und lache mit den Freunden
und schweige plötzlich lange
weil ich nicht weiterweiß

Was will ich weiter
was will ich weiter wissen
über das neue Areal von Novartis in Basel
über das Ja oder Nein zum Gentest

an befruchteten Eizellen
über die grassierende Cholera auf Haiti
oder Griechenlands tatsächliche Verschuldung

Es hat mit dir nichts mehr zu tun
es hat mit uns nichts mehr zu tun
ob ich diesen oder jenen Tag erlebe
der diese Dinge oder jene löst
ist mir herausgefallen
aus jeder Bindung
so gleichgültig

Ich weiß wie dumm die Frage ist
wie selbstbezogen

Nicht mitgenommen hast du mich

Meine Kleider

21.11.10 Meinekestraße

Ich trage deine schwarze Trainingshose
wir kauften sie in Wien
im Ballettladen in der Walfischgasse
Ich kann den Bund zuziehen

Ich trage deinen Cashmerejumper
vom Bauernmarkt
Er ist mein grünes Kleid

Ich trage deine Socken
und stopfe mir die Hacken in den Schuh

Ich trage deine letzte Prada-Jacke

wir kauften sie am Neuen Wall
als du fast meine Maße hattest
so dünn warst du geworden

So ungeschützt

28.11.10 Meinekestraße

Ich war so ungeschützt vor deinem Tod
und ging so ungeschützt in deinen Tod
und blieb so ungeschützt seither
Ich lehne mich an den Türpfosten an
ich sehe hinaus in die Weite und denke
Ach könnte ich nur hinaus zu dir

Landschaft

3.12.10 Meinekestraße

Da wir Wiederholungstäter waren
zu jeder Jahreszeit
fast immer an dieselben Orte fuhren
und an denselben Orten gingen
in welchem Land auch immer
um sie noch näher zu erkunden
und uns in ihnen
und unsere Liebe füreinander
kommt es mir jetzt vor als hätten wir
mit unseren Lieblingswelten auf der Erde
uns eine Plattform einen Vorrat
für die Ewigkeit geschaffen
Das macht mich frei
Das lässt mich singen
So kann ich die Arme weit gestreckt
mit dir über den Schnee hin fliegen

Sie wollen hinaus

9.12.10 Meinekestraße

Und ich bleibe zurück
Sie treffen sich mit ihren Liebsten
und ich bleibe zurück
Sie küssen sich sie schlagen sich
sie vögeln und sie leben
Ich neide es nicht
Zur Seite getreten
treffe ich niemanden
bei dem ich bleiben will
für eine Nacht nur
Ich bin für mich
Ich flirte am Telefon
ich flirte per E-Mail und per SMS
and that's it

So viele Rätsel

10.12.10 Meinekestraße

So viele neue Fragen
immer und weiter
auch nach dreißig Jahren
nur jetzt allein
kann ich die Fragen gar nicht stellen

Was machst du jetzt
Wie hab ich dich herausgelockt
Wie hat mich dein Blick gefunden
und warum bist du mir gefolgt
damals
Ich tat ja nichts
ich schrieb nur

ich schrieb Hunderte von Seiten voll
im Haus meines Bruders

Wir haben uns nicht ausgelotet
Die Fragen wären plump
ohne deine Antwort
ohne unser Zwischenspiel
ohne unser Liebesspiel
ohne unsere Blicke
Doch sind nicht Fragen dazu da
die Fantasie in Gang zu halten

So wend ich mich an deine Augen
und verlieb mich neu in sie

Mein Gedächtnis *14.12.10 Meinekestraße*
hat keine Kraft

Nur sich zu ducken hatte es Kraft
Schrauben an Schläfen
mit Schmerz reagieren
und ins Dumpfe flüchten
was es wusste
übertrug es den Augen
auf der Fahrt durch Wandsbek
die wir so oft so heiter
in entgegengesetzter Richtung
an unseren Wochenenden
auf dem Land zurückgekommen waren
Ich sah uns kreuzen auf der Fahrbahn dort
und dann die Anfahrt
in den grünen Hohlweg

die Todestoccata
der pochende Nagel im Kopf
bis in den Schrei im Krematorium
Nein Nicht ich

Ich möchte verschwinden *18.12.10 Meinekestraße*

Der uralte Wunsch mich aufzulösen
in den Kosmos in Farben in Sprünge ins Nichts
den Körper abstoßen
Tod spielen einzig den meinen
Noch bin ich zu feige dafür
wieder zu feige
auf was warte ich

Geregelte Zurücklassung etwa
Dass was ich mir erschrieben habe
und was ich von dir demnächst erbe
als Paket in die Hände
meiner Schwester geben werde
weil ich es so möchte
da ich sie von klein auf geliebt habe
Was verspreche ich mir
Nichts
Was erwarte ich mir
außer von Tag zu Tag
so weiter zu existieren
mit der Kraft die ich besitze
dem Fundus unserer Liebe
Freunde zu animieren

Ist das ein Leben
bei meinen Freunden bin ich aufgehoben
allein schaffte ich es nicht

Neue streifen
sie entzünden mich
sie halten mich nicht
Ich könnte sie halten

Wo bleibt meine Liebe
die Fantasie wie mit dir

Soll ich aufhören zu suchen

Auf was warte ich *23.12.10 Meinekestraße*

Die Antwort ist
auf nichts
da wir uns nicht wiedertreffen
auf wen sonst sollte ich
in meinem Leben hoffen

Ich warte auf das Wunder
deiner Rückkehr
lang genug bist du jetzt weg gewesen
also
komm jetzt
komm zurück

Inhaltsverzeichnis